Illustration／KANAME KUROSAWA

プラチナ文庫

Platinum Label

働くおにいさん日誌

椹野道流

"Hataraku Oniisan Nisshi"

presented by Michiru Fushino

プランタン出版

イラスト／黒沢　要

もくじ

この日誌は

彼らが仕事の合間に綴りました。
日々の出来事、口では言えないあれこれなど、こっそり覗いてみませんか？

大野木《おおのぎ》 甫《はじめ》

31歳。K医大整形外科学講座講師・リハビリテーション科に出向中。挫折を知らないエリートで、実力もあるので自分にも他人にも厳しく孤立しがちだったが、実は人付き合いに不器用なだけ。私生活でも大変不器用。最近ようやく九条に甘やかされることに慣れ始めた。弟を溺愛、過干渉。

九条《くじょう》夕焼《ゆうや》

23歳。甫が勤めるK医大の真ん前で営業するフラワーショップ店主。おおらかで懐が深く、よほどのことでないと怒らない。酔いつぶれていた甫を拾って以来、その想いも底なしで、バリエーション豊かな愛の言葉も駆使して「甫を慰め、甘やかす権利」をフル活用中。

大野木《おおのぎ》 遥《はる》

22歳。甫の弟。古い祖母宅を受け継ぎ、下町の一角でたったひとり、コッペパン専門店「遥屋」を経営している。小柄で、ふわふわとした可愛い外見……だが、中身はなかなかの漢。
パン作りの腕前は確かだが、その他のことについては不器用で、人見知りも激しい。

深谷《ふかや》知彦《ともひこ》

27歳。甫の部下で、K医大リハビリテーション科で働く理学療法士。見かけより力持ち（古武術を習っているため）。仕事柄、相手の体調や、本当の気持ちを察するのが上手だが、妙に間が悪い時も……。凝り性で人情家。趣味は料理。

これまでのお話はこちらをご覧下さい

『お医者さんにガーベラ』
『お花屋さんに救急箱』

※本作品の内容はすべてフィクションです。

働くおにいさん日誌

睦月

1月1日（金）

あけましておめでとう、深谷《ふかや》さん！
正月を家族以外と過ごすの初めてだから、すっごく新鮮。元日に初詣《はつもうで》に行ったのも初めてだよ。俺は大吉だったけど、深谷さんは小吉だったね。俺の運、ちょっと分けてあげるから、二人とも吉ってことにしよ。兄ちゃんともども、今年もよろしくね！（遥《はる》）

あけましておめでとう、遥君。

それにしても、新年早々、遥君のアイデアは斬新《ざんしん》だったなあ。コッペパンに栗きんとんと黒豆をサンドすると意外な美味しさで、もうビックリ。大野木《おおのぎ》先生に遥君のパートナーとして認めてもらえるよう、今年はいっそう仕事を頑張るよ。頼りない相棒だけど、今年もよろしく。（知彦《ともひこ》）

1月2日（土）

ふむ。ブログというのはこういうものか。四人で適当に書き込むという

ことは、交換日記のようなものだな。まあ、遥や深谷の生活をチェックできるという意味では、意義があるかもしれん。包み隠さず、ここで近況報告するようにな。（甫《はじめ》）

おやおや、お正月から大野木先生は厳しいですね。

初めて大野木先生と二人きりで過ごすお正月は、とてもほっこりと平和でした。明日は兄弟揃《そろ》ってご実家へ行かれるとか。では僕は、おせち料理のリメイクでもしながら、のんびりしましょうか。（九条《くじょう》）

1月3日（日）

今日は疲れた……。

遥と実家に帰ったのはいいが、両親が久々の家族勢揃いに舞い上がり、食べきれない量のご馳走《ちそう》を作って待ちかまえていた。

おかげで、ほぼ半日食べては喋《しゃべ》り、食べては喋りの繰り返しだ。

腹も口もクタクタになって九条の家に来たら、九条がテレビを観ながらうたた寝をしていた。

膝《ひざ》には、ボタンが取れた俺のシャツがあった。

三箇日くらい休め。とりあえず毛布を掛けておいた……。

1月4日（月）

今日から、二人とも仕事始めですね。

まだお餅《もち》が残っていたので、朝ご飯はお雑煮にしました。僕、お餅を焼く匂《にお》いが大好きなんですよ。

そういえば、三箇日の間に初詣に行き損ねましたね。先生のお仕事帰りに、今日辺り待ち合わせて行きませんか？

一緒におみくじも引きたいですし。

1月5日（火）

昨日はオーブンの調子が悪かったから、今日から仕事始め。

三が日、餅ばっか食べてパン焼きサボってたら、凄《すご》く下手になった気がする。やっぱ、毎日やんなきゃ駄目だなあ。

でもって、餅は太る！　エプロン締めてわかった。俺、絶対ちょっと太った。深谷さん、ぷよった俺とか嫌だよね、きっと。

ダイエットしよ……。

1月6日（水）

昨日、遥君の大好物のロールキャベツを作ったのに半分しか食べてくれなかったから、てっきり美味しくなかったんだと思ってた。何だ、餅で太ったのを気にしてたんだ？
大丈夫、僕も太った！
いや全然大丈夫じゃないけど、年末年始って、ご馳走食べてゴロゴロするわけだろ。誰だって太るよ。大丈夫、すぐに戻るって。
そうそう、あの大野木先生ですら、ちょっとほっぺたが丸くなってた気がする。九条さん、おせち料理いっぱい作ったのかな……。

1月7日（木）

わお。兄ちゃんでも太ることあんのかー。ビックリだな。
深谷さん、知ってる？　兄ちゃん、朝起きると、必ず素っ裸になって体重計に乗るんだよ。もう十何年も、起き抜けの体重を記録してるんだって。
だんだん、パンもいい感じに焼き上がるようになってきた。もしかしたら、オーブンも俺と一緒に正月ボケしてたのかも。

1月8日（金）

ち……ちょ、遥君！　迂闊《うかつ》に面白いこと言わないで……！　朝から大野木先生の顔を見るたび、先生が全裸で腕組みして体重計に乗ってるところを想像しちゃって、もう顔面が大変だったよ。

誰にでも色んな癖があるけど、先生のは強烈だなあ……。

ところで、日・月と連休だろ？　どっか遊びに行かないか？　テーマパークとか……は、混むかな。遥君の行きたいところでいいからさ。

1月10日（日）

行くまで気乗りしなかったけど、水族館、楽しかった！　俺、水槽の中にトンネルがあって通れるなんて、知らなかった。頭の上を魚が泳ぐって凄いよね。イルカのショーも面白かったし。思ったより大はしゃぎしちゃったな～。
でもさあ。帰りに何となく二人でふら～っと入った回転寿司……美味しかったね。やっぱ魚は……食べてこそだよねっ！（遥）
今日はお疲れ！

遥君、無理矢理水族館に連れてっちゃって、楽しめなかったらどうしようかと不安だったんだけど……。行ってからは凄く楽しそうにしてて、ホッとしたよ。子供たちを差し置いて、イルカにボール投げてたもんね。

でも、あんなに遊んだんだから、帰ったら寝ちゃうかなって思ったら。「腕がなまるから」っていきなりパン生地こね出して、僕はその頑張りに感動した！

よし、このブログ書いたら、ちょっと近所を走ってこよう……！（知彦）

1月12日（火）

今日、深谷さんに頼んで、兄ちゃん用にコッペパン持っててもらったけど……。深谷さん、九条さんがお弁当作ってないといいけどって心配してた。兄ちゃん、彼氏にお弁当作ってもらったりしてるんだ〜。

ラブラブだね！　兄ちゃんが幸せそうなのは嬉しい。

でもさー！　俺、兄ちゃんの弟だもん！　弟の俺が彼氏に遠慮すんのって、ちょっと悔しくない？

なーんか、微妙にジェラシー！

1月13日（水）

い、いや、遥君。あの、結果としては大野木先生、弁当なしだったから！　喜んで食べてたよ、遥君のコッペパン。
　大丈夫、ちゃんと大野木先生、遥君のこと大事に思ってるから。その証拠に、ほら、これ。今日、大野木先生から、遥君にって預かってきたんだよ。パン職人は綺麗《きれい》な手でいるべきだって、わざわざよく効くハンドクリームを、先生、自分で探してきたみたい。寝る前に塗るといいんだってさ。
　あ、でも、まさかお前が塗ってやるんじゃないだろうなって、怖い顔で睨《にら》まれた。先生も、僕にちょっとヤキモチ……かな。

1月14日（木）

　深谷さんは、俺の恋人なんだから俺の！

　兄ちゃんは、俺の兄ちゃんだから俺の！

　……ってわけにはいかないの、わかってるけどさ。そもそも、兄ちゃん離れしなきゃいけないと思って、俺、実家を出たんだし。

　だけどな〜。

　兄ちゃんが他の人を甘やかしたり世話焼いたりしてると思うと、何かイラッとするんだよね。俺、まだまだ兄ちゃん離れできてないってことなのかな。でも、兄ちゃんのことは大好きだしな～。

勿論《もちろん》、深谷さんのことは、兄ちゃんとは別に大好きだからねっ！

1月15日（金）

あ……いや、ええと……。何て言えばいいのかな。兄離れ、弟離れは急には無理だと思うし、ゆっくりでいいと思うけど……。
ただ、九条さんとのことについては、若干誤解があるような気がする。大野木先生、九条さんのこと、別に甘やかしたり世話を焼いたり……はしてないと思うよ、たぶん。どっちかっていうとその逆で、九条さんが大野木先生の世話を焼き倒してる感じ……？
そのせいかな。最近、大野木先生、遥君に似てるなって思うときが増えた気がする。面と向かっては死んでも言えないけど、何だかちょっと可愛《かわい》いなあ、とか。あ、でも僕にとっては、遥君のほうが千倍可愛いんだけど！

1月17日（日）

寒い日が続いているが、電車に乗ると車内はやけに暖かい。そのせいで、眼鏡が曇って毎朝毎夕難儀している。
そして仕事から帰って、九条が鍋物を用意してくれていると、これまた湯気で眼鏡が曇る。
さらに風呂上がり、眼鏡を掛けようとすると、自分の身体が温もっていて、またしても眼鏡が曇るんだ。
俺の冬は、曇った眼鏡と戦うだけで終わってしまいそうな気がする。

1月18日（月）

昨夜さ、遥君に訊かれたこと。「深谷さんがちっちゃい幸せ感じることって何?」っていうの。ずっと考えてて、色々あるんだけど……一つだけ挙げるならこれだなっていうの、やっと決めた。
仕事から帰って遥君ちに行くと、ときどき遥君がくたびれて茶の間でうたた寝してるだろ?　あんときの寝顔を見ると、幸せだな〜って思う。
遥君は?　遥君の小さい幸せはどこにある?

1月19日（火）

俺のちっちゃい幸せはねえ。チョコボール買って、「銀のくちばし」が出て来たときかな。でもさ、あれ、五枚たまるまでに絶対どっかやっちゃって、結局「おもちゃのカンヅメ」に応募できないんだよね～。
何が入ってんのかな、カンヅメの中。気になる……！
あ、もちろん、深谷さんと一緒にいるときも幸せだよっ。

1月20日（水）

おや、小さな幸せの話ですか。
僕の小さな幸せは、最近、大野木先生の帰宅の挨拶《あいさつ》が変わったことでしょうか。
最初のうちは、「お邪魔する」だったのが、最近は「今帰った」と言ってくださるんですよ。僕の家に泊まってくださることも多くなりましたし。
ああ、しかしもはやこれは大きな幸せですね。ふふ。

1月21日（木）

小さな幸せ？　そうだな。俺の小さな幸せは……。

職場で皆が、俺に世間話を振ってくれること、だろうか。以前はそんなことは一切なかったので、話題について行けないながらも喜ばしい。
あと、小さなことだが、手料理を食べながら、その日にあったことを九条と話し合えることが……いや、何をペラペラと余計なことを言っているんだ、俺は。

1月22日（金）

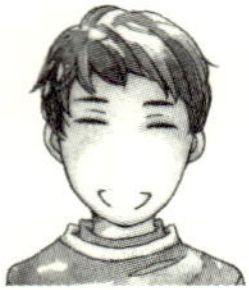

遥君がクリスマスにくれた手袋、とても暖かいよ。毎日使ってる。
つい悪戯《いたずら》心で、大野木先生に、「これ、遥君にプレゼントしてもらいました」って見せたら……。「お前は遥に貢がせているのか！　何て奴だ！」って、ガミガミ怒られた。貢がせてって……。
やっぱり、僕って大野木先生には、まだまだ甲斐性《かいしょう》のない奴に見えるんだろうな。早く安心してもらえるように、もっと頑張らなきゃ！

1月24日（日）

壊れかけた店の棚を修理していたら、大野木先生が手伝ってくださいました。二人で作業というのは、くすぐったくて素敵ですね。披露宴の「初

めての共同作業」を思い出すからでしょうか。
先生に板を押さえていただいて釘《くぎ》を打ちながら、「ああ、僕は幸せです」とうっかり口走ってしまい、先生を軽く怯《おび》えさせてしまいました。次からは、きちんとそこに至る過程からご説明することにします。
それにしても、今月十三日が大野木先生のお誕生日だったとさっき知って、軽く絶望しました。そういう大切なことは、隠さず教えて下さいね！

1月25日（月）

昨日はカフェで遥君とのんびり過ごせてよかったな。
でも、小さくて薄いパンケーキでも、三枚重なってると意外にボリュームあるんだなあ。結局、夜になってもお腹が空かなかった。
パンケーキを食べてる遥君を見てると、ちっちゃい頃の遥君はこんなだったかなーと思って、何だかほっこりした気分になったよ。
ついでに、小さかった頃の大野木先生も想像してみようとして、見事に失敗しちゃったけど。

1月26日（火）

コッペパンも幸せの食べ物だけど、パンケーキもそうだよね！　パンケーキって聞くと、外国の絵本を思い出すんだ、俺。行ったことないけど、イギリスとかの人が食べてそうなイメージ。

そういえばパンケーキって、もともとどこの料理なんだろ。

あ、それと。兄ちゃんは昔からあんな感じだよ？　今は歳相応だけど、子供の頃はずいぶん老けてたんじゃないかな。

だって、小学校時代のあだ名は、「社長」だったらしいし。

1月27日（水）

し、社長……！　さすが大野木先生、あだ名も半端なく立派だなあ。感心してたら、うっかり医局で大野木先生に呼びかけようとして、「社長！」って呼んじゃったよ……。

あああああ……。

大野木先生、物凄い顔してた……。

すっごく怒られた……。

でも、療法士仲間には大うけだったよ。たぶん、しばらく僕らの間では、大野木先生、社長って呼ばれるんじゃないかな。やっちゃった……。

1月28日（木）

何と。大野木先生の子供時代のあだ名が「社長」！　うっかりブログを見てしまったせいで、仕事からお帰りになった先生の顔を見るなり、笑いがこみ上げてしまいました。

なるほど、ご幼少のみぎりから貫禄《かんろく》十分だったんですねえ。想像に難くありません。でも今の先生は、威厳がありつつも可愛い方です。人間的魅力に溢《あふ》れているという意味で、今も「社長」かもしれません。

1月29日（金）

遥君、毎朝天気予報を真剣な顔で見てるのは何故だろうと思ったら、気温が発酵時間に結びつくんだね。

僕たちも、寒い日が続くと患者さんが心配だよ。やっぱ関節の古傷って、寒いと動きが悪くなったり、痛くなったりするからね。

僕たちだって、寒いと身体のあちこちが縮こまる……って思いながら大野木先生を見たら、背筋がビックリするくらい伸びてた。

暑くても寒くても、全然だれない先生は凄いな。尊敬。

1月30日（土）

たぶん、兄ちゃんの背中には、骨以外の何かが入ってる。鉄板とかそういうの。

だって、寝てるときでも真っ直ぐだもん。いつ見ても、絶対「気を付け」の姿勢で、まっすぐ上向いて寝てんの。寝相が良すぎて、ミイラ見てるみたいなんだよ。

そういえば、深谷さんも寝相いいよね。俺はどうだろ。昔、同じ部屋で寝てた頃は、兄ちゃんに寝相悪いって言われたっけ……。

如月

2月1日（月）

遥君の寝相は……うん、ちょっと、いやかなり活動的、だね。
ときどき重くてハッと目が覚めたら、遥君が僕の上を回転しながら乗り越えようとしてたりするよ。なかなか僕に乗り上げられなくて、うーうー怒りながら、でも目は覚めないんだ。しかも、やり遂げるまで絶対に諦《あきら》めないし。僕まで身体に力が入っちゃって、遥君が僕を乗り越える頃にはクタクタだったりする。
兄弟似てるところがけっこうあるから、大野木先生も、実はミイラほどじっとしてないんじゃないかなあ。
でも……こればっかりはご本人に訊くわけには……！

2月2日（火）

大野木先生の寝相、ですか？
ああ確かに、眠りに落ちてしばらくは、ミイラというか冷凍マグロというか、微動だになさいません。

しかししばらくすると、隣にいる僕の肩に何故かおでこをゴツゴツぶつける変な癖があって、最初の頃はストレスが溜《た》まっているのかと心配しました。でもどうやら、ただの癖のようですね。

さほど痛くはないと思いますが、念のため、最近ではパジャマの肩に綿の入ったパッドを縫い付けて対処しています。

2月3日（水）

遥君が、塩を入れるのを忘れてコッペパンを焼いてしまってとても凹《へこ》んでいたので、何とか使う方法を考えた。
乾かして、細かくしてパン粉。それから、パンプディング。売り物にはならないけれど、美味しく食べる方法はけっこうありそうだよ。
失敗は誰にでもあるんだから、元気出して！
というか、僕も今日、仕事でミスをして、大野木先生にこってり叱《しか》られてしまった。……僕も頑張れ！

2月4日（木）

深谷さん、天才！　パンプディング、滅茶苦茶美味しい。上からかける、

練乳をミルクで割ったソースがまた美味しいよね。
わー、俺、これ専用にパン焼いて、店で売りたいなあ。歯の悪いお年寄りでも、これなら食べられるし、栄養満点だし！
でも、俺にはこんなに上手に作れそうにない。しょぼん。
あ、そうだ！　もし深谷さんが、兄ちゃんに凄く怒られてクビになるようなことがあったら、俺の店に就職してよ！　すぐ、パンプディング主任にしてあげるからっ。

2月5日（金）

は、遥君。パンプディングを気に入ってくれたのは嬉しいけど、あんまり怖いこと言わないで。
ああ、でも……。自分が嫌になるようなヘマをしちゃったときは、理学療法士に向いてないかもって思うことがあるんだよね。
あるいは、遥君のパンを生かして色々作る仕事をしているほうが……いやいや。流されちゃ駄目だ。
それは最後の選択肢に取っておいて、まずは初志貫徹！　立派な理学療法士になれるように頑張るよ！

でも一応、パンプディング主任のポスト、僕のために取っておいて……。

2月6日（土）

リハビリ科に移ってからというもの、休日に病棟から緊急の呼び出しが来ることがない。

心穏やかでいいといえばいいんだが、昼まで惰眠を貪るのがすっかり癖になってしまった。怠惰でいけないと言うと、九条が遊びに出掛けようと言う。……そうか。休みの日の過ごし方には、「遊ぶ」という選択肢もあったんだな。知らなかった。

2月8日（月）

昨日、久しぶりに卵かけご飯を食べたら妙に旨くて、卵かけご飯ブームが来た！　でも、毎日食べるとコレステロールが心配かも。

そういえば大野木先生、週末は九条さんとドライブに出掛けたんだって。九条さんも大野木先生も、免許を持ってるんだね。

遥君は？　僕は原付しか持ってないんだ。ドライブとか、憧れるなぁ。

2月9日（火）

ドライブ！　わーわー、深谷さんとドライブ、楽しいだろうなー。

でも、俺も免許持ってない。原付すら持ってない……。

兄ちゃん、いつの間に教習所行ったんだろ。

俺も免許取りたいけど、店やりながら教習所行くの、大変そう。深谷さんも、教習所行く暇とか、なさそうだよね。

あ、そだ。じゃあさ、代わりにサイクリングとか行く？

2月10日（水）

サイクリングか！　そうか、それは思いつかなかったな。
遥君のコッペパンでサンドイッチの弁当を作って、レンタサイクルでどこかへ行けたら楽しいだろうな〜。
ドライブほど遠出は無理だろうけど、いい目的地を探してみるよ。今はさすがに寒すぎるから、春になったら行ってみよう！
ところで遥君。台所の棚の隅っこに炒《い》り豆の袋を見つけたんだけど、もしかしてこれ、節分に撒《ま》くつもりだった……？

2月11日（木）

あー!!　豆！　そうそう、豆まきしようと思ってたのに、ころっと忘れてた！

どうしよう。仕方がないから、二人でボリボリ食べようか。節分の豆って、けっこう美味しいんだよね。

子供の頃、年の数だけ食べろって言われたじゃん？

いつも兄ちゃんのほうが数が多くて羨《うらや》ましくて、早く大きくなりたかったんだけど、よく考えたら、大きくなっても兄ちゃんを追い越すことは一生ないんだよね。

今は、いっぱい食べられるようになったから嬉しいな。

これが四十歳とか五十歳とかになったら、今度は食べきるのが大変になりそうだけど。

2月12日（金）

そろそろ、大野木先生のデスクの上のアレンジメントを取り替えようと思い、配達ついでに医局にお邪魔しました。

先生はちょうど、僕が作ったお弁当を召し上がっているところだったんですが、僕が行くと、人参《にんじん》を花形にくり抜いた、その残りの部分をどうしたのかと心配してらっしゃいました。

大丈夫、捨てたりしません。今夜のクリームシチューには、花型の穴が空いた人参がたくさん入っていますよ。

2月14日（日）

二人で初めてのバレンタインだねっ！　というわけで、俺からはハート型のチョコ入りコッペパンを焼いてみた！
オーブンに入るギリギリまで、めいっぱいでかくしようと思ったら……。何だか、コッペパンで作った枕みたいになっちゃった。
三日くらいは保つから、ガンガン食べてね！（遥）

わあ、どうしよう。遥君から、手作りの立派すぎるチョコココッペをもらっちゃった。僕が用意してたチョコだと、お粗末かなあ……。

でも、職場のナースさんたちに、美味しいって評判のチョコを頑張ってリサーチしてきたから、食べてみて！

ホワイトデーには、僕も何か手作りのものでお返しができたらいいな。

クッキーかマシュマロか……。

うん、頑張って何か作ってみるよ！　楽しみにしてて。

あと、もらったチョココッペ、一口だけ、大野木先生にお裾分《すそわ》けしてもいいかな？　きっと密《ひそ》かに食べたがると思うんだ。（知彦）

2月15日（月）

ああ、遥のバレンタインデー仕様のやたら大きなコッペパンは、今日、深谷に見せられた。試食もした。チョコレートクリームがやや固かったが、パンは上出来だったぞ。

　我々は、別にバレンタインデーだからといって、特に何も……。（甫）

おや。大野木先生、内緒ごとはいけませんよ。

バレンタインデー、僕たちは、素敵なレストランでフレンチのコースを頂きました。

あと、せっかくだからと、デザートのフォンダンチョコレートのお皿を交換しました。それで、バレンタインデーのチョコレート交換に代えたわけです。

僕はちゃんとしたチョコレートを差し上げたかったんですが、シャイな大野木先生が、そんな恥ずかしいのは嫌だと仰《おっしゃ》ったもので。（九条）

2月16日（火）

今日は、ブリオッシュに挑戦してみた。あの頭のぽっちりが、どうも上手くいかないんだよな。小さい円盤を作って、メインの生地にめり込むくらい真ん中を押せ！　って書いてあるけど、せっかく膨らんだ生地なのにって思うと、可哀想でできなくてさ～。

深谷さんが情け容赦なく押した奴が、いちばん綺麗にできてた。ムキー！

深谷さんが作ってくれたビーフシチューとベストマッチだったね。これが二人の愛の共同作業って奴？　って言ったら、深谷さんが凄い勢いでシチュー噴いてた。どうしたんだろ……？

2月17日（水）

いつまでも寒いな。

今日は、大学の中庭の芝生に霜が降りていた。

まだ時間があったから、昔を思い出して踏んでみたが、なかなかに心地よい感覚だな。

ただ、ハッと気付くと、出勤してきた深谷が不思議そうな顔でこちらを見ていた。「ストレッチですか？」と訊かれたので、頷《うなず》いておいた……。

2月18日（木）

霜柱ですか。僕も小学生の頃、よく通学路で踏みましたね。最近あまり見ないのは、やはり温暖化の影響でしょうか。
うちの花屋には小さなストッカーしかないので、外に置いた花が傷みにくいこの季節は好きです。どんな花でも、長く咲いてくれると嬉しいですからね。
売れ残った花は、自宅に飾ります。以前は花なんて興味のなかった大野木先生も、最近はずいぶん花の種類を覚えてくださいました。

2月19日（金）

今日は、遥君のコッペパンのフィリングにチョコクリームが増える、記念すべき日！
大野木先生のアドバイスを参考に、少しチョコクリームをソフトにした

から、お客さんが喜んでくれるといいね。クリーム改良は僕が担当したから、今回のチョコクリームコッペパンが、僕と遥君の初めての合作……ってことになるのかな。

わー、余計にドキドキするな。人気が出ますように！

2月21日（日）

寒い日があったり妙に暖かい日があったり、気候が安定せんな。

しかし確実に、春が近づいてきていると感じる。何故なら、くしゃみが止まらんからだ。

いや。花粉症ではない。断じて俺は、花粉症ではない。

単なる、季節性のアレルギーだ！（甫）

どうしてそう、意地を張るんですかねえ。いいじゃないですか、花粉症で。早く耳鼻科のお知り合いの先生に診て頂いたほうがいいですよ。

主治医がクシャミをしていては、患者さんが不安になるでしょうに。

ああ、それにしても。店に置いている花がアレルゲンになったりすると、困りますね。やはり明日、受診してきてください。

あなたを苦しめるような花は、仕入れないようにしますから！

……でも、ガーベラがそうなら、とても困るなあ……。（九条）

2月22日（月）

嬉しいなあ。新商品のチョココッペ、思った以上に大人気！

おじいちゃんおばあちゃんが、孫のおやつにって買っていってくれるんだ。やっぱみんな、チョコ好きなんだね。

俺も、他のフィリングはそんなことないのに、チョコクリームだけは、時々つまみ食い……つまみ舐《な》め？　しちゃうなあ。

そういえば昔、兄ちゃんがお小遣いでよく十円のチョコ買ってくれたっけ。大事にポケットに入れてたらグズグズに溶けて、ズボンが汚れたの覚えてる。

あのときも、「買ってやった俺が悪い！」って言い張って、何故か兄ちゃんがお母さんにガミガミ怒られたんだよね……。

2月23日（火）

遥君、ホントに大野木先生に大事にされてたんだね。

いや、今もか。僕、毎日のように「遥は元気か」って大野木先生に聞かれて、「はい、昨日は……」って近況報告しようとしては、「余計なことは言わなくていい！」って怒られてる。

でも、たぶん何かあったのに言わなかったら、それはそれで凄く怒られる気がするんだよね……。

それにしても、遥君と一緒にいるようになって、冬は鍋ができるのが嬉しいな。ひとり鍋もいいんだけど、やっぱり二人のほうが具材がたくさん入れられて美味しいし、やっぱり一緒に鍋をつくっていいよね。

幸せだなあ、ってしみじみ思う。

2月24日（水）

冬の鍋は素敵ですね。うちでも、大野木先生がうちで夕飯を召し上がってくださるようになってから、大きな土鍋を新調しましたよ。

大野木先生は湯豆腐がお好きなんですが、それだと僕が料理のスキルを発揮するチャンスがないので、若干寂しいです。

というわけで、タレに凝ることにしました。卵黄と鰹節《かつおぶし》を使うと、こくのある美味しいタレができますよ。今度、深谷さんにお教えしましょうね。

大野木先生がお好きということは、遥君もそうでしょうから。

2月25日（木）

湯豆腐は冬の定番だ。子供の頃から、大好物なんだ。

しかし、遥はもっとボリュームのある鍋料理のほうが好きだろう。昔から、家族で寄せ鍋をすると、遥が好きな具をあるだけ取ってしまって、あっという間に葱《ねぎ》と白菜だけの鍋になっていたりしたな。

今もきっとそうなんだろうが……。

深谷、あまり遥を甘やかしすぎるなよ。

いや、粗末にしろと言っているわけでは断じてないが！

2月26日（金）

大丈夫だよ！　深谷さん、俺の好きな具は最初からいっぱい入れてくれるもん！　全部取ったらすぐお腹いっぱいになっちゃうから、そんなことしませんよーだ。

俺だって、もうオトナなんだからねっ。

あ、そうだ。今度さ、まだ寒いうちに、四人で鍋しよう。人数多いほうがきっと美味しいしさ。
兄ちゃん、俺、久しぶりにすきやき食べたい！　牛肉！　牛肉！

2月28日（日）

やれやれ。さんざん強がりを仰ってましたが、やはり花粉症だったんですね、大野木先生。もっと早く診てもらえばよかったんですよ。
とりあえず、お薬で楽になったようでよかったです。うちの花が原因でないと知って、僕も安心しました。
しかし、花粉症のお薬が眠くなるというのは本当なんですねえ。所構わずうたた寝……というか、有り体にいえば寝オチしていらっしゃる先生を発見して布団にお運びするのが、僕の新しい楽しみになりました。
ご存じないでしょうが、さりげなく添い寝もサービスさせていただいてます。

弥生

3月1日（月）

ふ……ふふふ……。半年前に書いた論文が、有名医学雑誌に掲載されることが決まったぞ……！　リハビリにいても、海外留学などしなくても、いい論文は書けると証明してやった！

い、いや、別に留学の機会が与えられなくなったわけじゃないぞ。俺にだって過去に打診はあったが、断ったんだ。

何故って……。

決まっているだろう！　あんな金属の塊が空を飛ぶなど、あり得ん！

3月2日（火）

大野木先生、論文のこと、おめでとうございます！

僕にはその雑誌、どのくらい凄いのかよくわかんないですけど、出張リハビリしたときにお会いした耳鼻科の先生が、すげえな！　って言ってましたよ。僕、何だか自分のことみたいに自慢でした。

リハビリのみんなでどうやってお祝いしようかって相談中です。楽しみ

にしててくださいね！（知彦）

兄ちゃん、凄いなあ。それって、週刊マンガ雑誌の読者投稿に載るよか凄いんだよね、俺よくわかんないけど。

うん、俺も何かお祝いしよっかな。

兄ちゃんが凄い雑誌に論文掲載された記念コッペパン発売！みたいに。

金メダルの形に焼いてさ。……ああでも、中に何入れよう。

何か金色っぽいもん……？　クリームパン……？

うわあ、さすがにクリームは俺作れないや。深谷さんに頼もう！（遥）

3月3日（水）

ふふふ、今日はひな祭りバージョンの小さなアレンジメントがよく売れました。

先生の論文掲載のお祝いと共に、男性にはまあ関係ありませんが、とりあえずひな祭りですし、本日はご馳走を！

というわけで、少し上等なフィレステーキをご用意してみました！　食卓にお出ししたときに、先生の「豪勢だな。ビフテキか！」という言葉に、たいへんときめきました。

ビフテキ！　クラシックで何とも素敵な表現です。

3月4日（木）

遥君、カスタードはなかなかに難しいよ。パンに挟めないほど緩くても困るし、固すぎても美味しくないし。何か他のものじゃ駄目かなあ。

うーん、金色、金色。さつまいもで、芋あんとか……？

ああでも、大野木先生はいつも、不可能は努力で可能になる！って口癖みたいに仰ってるしなあ……。やっぱり大野木先生のお祝い商品なんだし、ここはひとつ初志貫徹すべきか……！

遥君、当分、失敗カスタードの処理、手伝ってくれよ。

3月5日（金）

九条さんとこ、ステーキだったんだって！　牛肉いいないいいな！

でも俺、ステーキはあんま好きじゃないんだよなー、生焼け苦手で……って言ったら。深谷さんが、ビフカツっての揚げてくれた。

すげー！　牛肉もカツにしていいんだ！

しかも、かかってるのデミグラスソースなんだ！

お家で洋食屋さんみたいだった。あんまり凄いから、兄ちゃんたちに写メして自慢しようと思ったんだけど、美味しすぎて忘れてた。ちぇ。

だからまた作ってね、深谷さん！

あれ、俺のナンバーワンご馳走メニューに決定！

3月6日（土）

くそ。ようやく春めいてきたというのに、この年になって花粉症デビューとはな……。

しかも、あの薬はなんだ。確かに花粉症の症状は抑えられるが、その分眠気で仕事にも生活にも支障が出まくっているじゃないか。

夜な夜なお前に布団に運ばれた挙げ句、ニヤニヤと寝顔を観察されていると思うと、俺は絶望的な気分になる。

まったく、耳鼻科の医者も、もっと患者のＱＯＬを考えるべきだ！（甫）

いやいや、花粉症も立派な病気です。

病気のときは、少しゆっくりなさるといいんですよ。先生はいつでもオーバーワーク気味ですから、神様がきっと、花粉症という強制休暇をくださったんだと思います。

僕が先生の寝顔を見守っているのは、アレです。観察ではありません。看護。そう、看護です。

先生が安らかにお休みになっているさまを見届けないと、僕も安心して眠れませんから。

まあ、胸元をぽんぽんしたり、頭を撫《な》でたり、寝顔にキスしたりするのは、オプションということで！（九条）

3月8日（月）

おや、深谷さんはカスタード作りで苦戦中ですか。

僕はお菓子作りはやったことがないんですが、なかなか面白そうです。

大野木先生は甘い物は如何……いや、お好きでしたね。

ええ、そうでした。夕食後のデザートにしようと買っておいた桜餅四個が、何故か小一時間買い物に出た隙《すき》に、綺麗さっぱり消えていたことがありましたっけ……。

いいえ、別に怒ってはいません。ただ、残念だっただけで。

ええ、とても残念だっただけで。

3月9日（火）

あ……いや……その節は、何と言うか済まなかった。

ケーキやクッキーはさほどでもないんだが、餅は駄目なんだ。どうにも自制がきかなくてな。あったらあるだけ食ってしまうので、俺の視界からは隠しておいてくれ。

我ながら呆《あき》れるんだが、おそらくスタート地点は餅の中にアイスの入った、アレだ。中学生の頃、あれの旨さに感動して、毎日一パック食べ続けて驚くほど太ったことがある。あの悲劇が再び起こらないように、餅は一度に一個以上見せないでほしい。

誰にでも一つくらいは抗えないものがあるが、それが餅とはな……。

他にも、どうも最近、対人的に抗えない存在が増えつつある気がするが……いや、何でもない。

3月10日（水）

寒くなったり暖かくなったりしながら、ちょっとずつ春に近づいてきた

気がするね。

遥君は、春って好き?

僕は春になると、思いきり身体を動かしたくなる。遥君は、いつもコッペパンを焼くとき、全身を使って頑張ってるから、あんまりそういう衝動ってないかもだけど……。

でも、もうちょっと暖かくなったら、何か一緒にスポーツしないか?

テニスとか! 山歩きなんかでもいいね。そんなに本格的じゃなく、ハイキング感覚で行けるような。

3月11日（木）

うーん。俺、春になると、やたら眠くなるからちょっとやだ。
パン屋は早起きしなきゃだから、昼間、余計に眠いんだよね。店番しながら、うとうとしちゃいそう。また、近所の年寄り連中に怒られちゃうよ。
でも、スポーツはいいかも。
テニスはめんどくさいから、ハイキング行こうよ。兄ちゃんたちも誘って、みんなでおべんと持ってさ。お花見もいいよね!

3月12日（金）

週末、僕が仕事で出張だから、ちょっと早めのホワイトデーにしたよ。本当は、ホワイトチョコのお菓子でも……って思ったけど、遥君のリクエストが苺《いちご》のショートケーキだったから、頑張って作ってみた。売ってるものみたいに綺麗じゃないし、スポンジも思ったより膨らまなかったけど、遥君がニコニコして食べてくれて、嬉しかったな。結局、遥君にプレゼントをお返しするつもりが、遥君に喜ばせてもらった感じ。僕は幸せ者だなあ……。（知彦）

苺のショートケーキって、自分で作れるものなんだなー。深谷さん、仕事帰りで疲れてるはずなのに、必死でガシガシ色々泡立てて作ってくれた。俺が食べてるの見て、深谷さん何だか涙ぐんでるし。

なんか俺、すっごく愛されてるって感じ！

ショートケーキっていうより、ホットケーキに苺とクリームが挟まってる感じだったけど、むしろ新食感で美味しかったかも。

深谷さん、ありがとね！　出張、気をつけて行ってらっしゃい。（遥）

3月14日（日）

バレンタインデーにはチョコレートのデザートを交換だったので、ホワイトデーもそのパターンだと思っていたんですが……。

今朝、テーブルの上に、小さなホワイトチョコレートの包みが置いてあって、ビックリしましたよ。

ありがとうございます。とても嬉しいです。

嬉しいんですが……できれば手ずから頂きたかったな、というのは贅沢《ぜいたく》すぎる願いでしょうか。

というか、僕のほうもチョコレートを差し上げたいのに、いったい大野木先生、日曜だというのにどこへ行ってしまわれたやら。（九条）

深谷の奴が、ホワイトデーは男の甲斐性だと力説するから、つい血迷って、九条にホワイトデー用の菓子を買ってしまった。

渡すのも気恥ずかしいから、テーブルに包みを置いて、朝っぱらから意味もなく家を出る羽目になってしまったじゃないか……。

仕方なく久々に自宅に戻ってみたんだが、広すぎてどうにも落ち着かん。

何だって、俺は一人暮らしなのにこんな広大なマンションにいたんだ？

いや待て俺。むしろ九条の家が狭すぎるんじゃないのか？　おかげで、いかなるときもあいつと近接して過ごす羽目に……いや、それはどうでもいい。

いったい何時に戻れば、ほとぼりが冷めているんだろうか……。（甫）

3月15日（月）

大野木先生、花粉症の症状が少し落ち着いてきたようですね。よかった。

しかし、こうも寒暖の差が激しくては、花屋としてはいささか大変です。涼しいから保つだろうと予想して多めに仕入れた花が、春のぽかぽか陽気に誘われて、見事に咲きまくってしまいました。

店先が華やかなのはいいんですが、安売りせざるを得ないので、突然のバーゲン状態です。……あああ……。

せっかくなので、我が家を飾るアレンジメントでも作りましょうか。

大野木先生が喜んでくだされば、僕のこの落ち込んだ心も慰められるんですが。

3月16日（火）

患者さんにも、花粉症の人が増えたなあ……。リハビリ中、涙ぐむからそんなにつらいのかと思ったら、花粉症で目が痒《かゆ》い！とか言われたり。ガクッと来ちゃうけど、気の毒。

僕らは今のところ無事でラッキーだったね……って言おうと思ったら、遥君、何か鼻、グズグズしてない？　目もウルウルだし、クシャミしてるし……。

そういえば、大野木先生も今年から花粉症デビューって仰ってた……！

さ、さすが兄弟……ってことなのかな。うーん。

3月17日（水）

俺は馬鹿《ばか》だ……。何故、早まってあんなことをしようとしたんだろう。

急いでいるときにやらなくても、帰宅して、余裕があるときにすれば、あんな致命的なミスはしなかったはずだ。

もう、すべてが取り返しのつかないところへ行ってしまった。失いたくないと思う程度には、気に入っていたんだがな……。

シャツの襟裏のタグを切ろうとして、生地まで切ってしまうなど！　まったく……愚の骨頂だ。

3月18日（木）

今日、K医大の耳鼻科の先生に診てもらってきた！

俺の花粉症、まだ軽いって。鼻スプレーもらって、グズグズ止まった！

快適！

ついでに、兄ちゃんとこにも顔出してきた。

兄ちゃん、九条さんの特製弁当食べてたよ～。机の上に綺麗な花も飾ってもらってさあ、嬉しそうだった。ちょっと妬《や》けるけど、兄ちゃん幸せでよかったな。

ねえねえ深谷さん、俺もああいうお弁当、食べてみたい！　毎日じゃなくていいからさ。

3月19日（金）

弁当かあ……。僕、ああいうちまちました料理は得意じゃないから、九条さんほど綺麗に作れないとは思うけど、今度、チャレンジしてみようか。

離れてても、お互いが同じ弁当を食べてると思うと、ちょっと嬉しくなれそうだし。

　遥君、好きなおかずとかある？　卵焼きは甘いのが好き、しょっぱいのが好き、それとも甘じょっぱいやつがいい？

　子供の頃に母親が作ってくれた弁当を思い出すと、うずら卵とか、短いソーセージとか、色々あったなあ。

　最近はキャラ弁なんてのもあるんだってね。ちょっと興味が湧《わ》いて、帰りに『おべんとう百科』って本を買っちゃったよ。

3月20日（土）

　せっかくの連休だというのに、大野木先生は当直なんですね。お疲れ様です。せめて少しでもほっこりして頂ける時間を作ろうと、お弁当を差入れしてみたんですが……。

　まさか、一緒に食べていけと誘って頂けるとは思いませんでした。

　医局のテーブルで、お弁当箱の蓋《ふた》におかずを載せてもらって頂くというのは、なかなか新鮮な経験でした。

　何というか、引っ越し直後の夫婦が、新居のまだガランとした居間の隅っこで折り詰め弁当を分け合って食べているような趣で、地味に楽しかったです。

せっかく近い場所にいるので、明日は美味しい朝食を差入れしましょうね。(九条)

別に俺が仕事だからといって、お前も連休を家で潰《つぶ》す必要はないんだぞ。俺に構わず、旅行にでも行ったらどうだ。……と言いたかったのに、言えずじまいだった。

持ってきてくれた弁当は旨かったし、いつもはテレビをお供に食う飯を、九条と喋りながら食うのはけっこう楽しかったからだ。

明朝は熱い味噌《みそ》汁と作りたてのおにぎりを差入れすると言って、九条は帰って行った。

熱い味噌汁に、おにぎりか……。

はっ。

い、いや！　俺は別に、朝が待ち遠しいなんてことは思っていないんだぞ……っ。(甫)

3月23日（火）

ふー、連休を満喫しちゃうと、休み明けの仕事がきついなぁ。身体がついてこない感じだし、頭はぼーっとしてるし。

いかんいかん。色々引き締めないと。

しかし連休初日はテーマパーク、二日目は美味しいパン屋さんとカフェ巡り。遥君と一緒じゃないと、絶対行けないところばかりで、凄く楽しかったよ。ありがとうね、遥君！（深谷）

せっかくの連休だし、深谷さんと旅行しようと思ったのに、兄ちゃんったら、「まだ早い」とか言うし！

まだって何だよ、まだって。二人ともオトナなのにさあ。

でも、強行したら兄ちゃん泣きそうだから、今回はやめといてあげた！

代わりに深谷さんと連日デートしてみたけど、やっぱテーマパークは盛り上がるね！

今度は四人で行こうよ。あの物凄い高さから落ちて、途中で一瞬、無重力になる奴。あれに乗った兄ちゃんのリアクションが見たい！（遥）

3月24日（水）

馬鹿者。二人きりで旅行なぞ、まだ早い！　そういうことは、せめて深谷が一人前に仕事ができるようになるまで、俺が許さんぞ。

まったく、油断も隙もない奴らだ。

俺か？　俺は連休初日は当直だったから、二日目だけ九条と出掛けてきた。別に、デートなどではない。

買い物。そう、ただの買い物だ！　買い物のついでに、カフェで休憩し、映画を一本観て、夕食を食べて、ついでに少し飲んで帰っただけだ！

いかにコースの内容がそれっぽくても、断じてデートではない。

3月25日（木）

おやおや。僕はデートのつもりだったんですが、大野木先生は派手に否定なさってますねえ。

でも、お互いの春物を選びっこしたりして、とても楽しかったですよ。

大野木先生は、油断すると白か水色のワイシャツばかり選ぼうとなさるので、今回は僕が淡いピンクを選んでみました。試着段階から盛大に照れてらっしゃいましたが、とてもお似合いだと思います。

桜色のワイシャツをお召しの大野木先生と、夜桜を見て歩きたいものです。やあ、想像するだにロマンチックですねえ。

まさに両手に桜。ふふふ。

3月26日（金）

やったーい！　今日のお昼は、深谷さん特製&お揃い弁当。

俺は家で食べるのに、ちゃんと弁当箱をナプキンで包んでくれてて、おべんと感みなぎってて嬉しいなあ。

ご飯もおにぎりになってるし、おかずも俺の好きなもんばっかだし。

俺、ちっちゃいソーセージを焼いたのと、うずらたまごと、プチトマトが串刺しになってるのが凄く好きなんだ♪　卵焼きはもうちょっとだけ甘いのが好きだけど、でも美味しい。

「おべんと美味しいよ！」ってケータイにメールしたら、「僕も今食べてるよ」って返事が来た。何だか、離れてても一緒にご飯食べてるみたいでいい感じ！

3月28日（日）

うーん。困った。

午後から映画を見に行く約束だったのに。昼ご飯の後、実家から電話がかかってきてちょっと喋っていたら……。遥君、待ちくたびれて、茶の間の座布団を枕に寝ちゃってる。

物凄く気持ちよさそうだから、起こすのは可哀想だし。実際、こういうときに起こされると、物凄く機嫌悪くなるんだよな、遥君って。

正直言うと、こうして遥君の寝顔を見ながらのんびり過ごすだけでも、僕は十分幸せな気がする。

映画はまたにして、今日はこのまま家にいようか。たぶん、起きてから、どうして起こさなかったんだよーってぶんむくれそうな気がするけど、そこは美味しいご飯で、頑張ってフォローしよう。うん。

3月29日（月）

いえいえ、鬼の霍乱《かくらん》などとは思っていませんよ。誰だって、こう不安定な気候が続けば、風邪くらい引きます。
特に大野木先生はいつも過労気味なんですから、こうして風邪で欠勤なさるのも、神様が与えてくださった休暇だとお思いになったほうがいいで

すよ。

は？　僕が笑っている……？　ああ、それは、先生を馬鹿にしているわけじゃありません。今日は一日じゅう、あなたのお世話をしていいんだと思うと嬉しくて。

はい？　ああ、お店は臨時休業にしました。全力で、あなたの看病に勤《いそ》しむ所存です。

3月30日（火）

風邪ごときで二日も欠勤してしまうとは。

しかも、咳《せき》をしてもくしゃみをしても九条が飛んでくるし、食事も自分で食べられるのに、無理矢理食べさせられるし、しまいには九条の奴、枕元に繕い物を持ち出して、俺を監視しながら裁縫を始めるし……。

まったく。たかが風邪、しかも三十八度を少し超えた程度の発熱だというのに、大袈裟《おおげさ》にもほどがある。

今日はうるさく言って、花屋を開けさせたが……。

そうなってみると……。今度はひとりで寝ているのにイラッとくる自分が不可解で、だんだん腹が立ってきた……。

3月31日（水）

ありゃ、兄ちゃん、風邪で二日も休んだの？　わー、珍しいなあ。

兄ちゃん、健康管理の鬼って感じなのに。つか、そもそも医者なのに。

もしかして、お腹出して寝たりしたのかな。

はっ。お腹を出して寝るといえば……。

もしかして、九条さんとラブラブなことして風邪引いた!?

わお。兄ちゃん、それってマジで幸せ風邪だなー。でもかっこ悪いから、俺は気をつけようっと。

深谷さんにも、ちゃんと布団着せよう。肌寒くなると、つい隣の深谷さんの布団を奪っちゃうらしいんだよね、俺……。

卯月

4月1日（木）

まったくもう。忘れてたよ、今日がエイプリル・フールだなんて。

遥君がお弁当を持たせてくれたから、やった、パンだ！って思ってさ。お昼休み、ワクワクしながら包みを開けたら……紙粘土で作ったパンが出て来た！

いったいあんなの、いつ作ったの？　凄くリアルに色まで塗っちゃってさ。上出来すぎる！

思わず大野木先生に見せたら、咳き込むまで笑ってから、「ありがたく食え」って言われたよ！　くー、もう、悔しいから騙《だま》し返してやろうかと思ったのに、何も思いつかなかった。

普通に帰って来ちゃったけど、僕が何かするたび、仕返しされるんじゃないかとビクビクする遥君を見るのは、ちょっと面白いかも……。

4月2日（金）

昨夜は、素敵なエイプリル・フールでした。まさかあなたが、仕事終わ

りに散歩に誘ってくださるなんて。夜桜、とても綺麗でした。
それに、忘れずあの桜色のワイシャツを着ていてくださったのも嬉しかったです。
いったいいつ、いたずらを仕掛けられるのかと思っていたら……川沿いの桜並木の人混みを抜けるとき、いきなりあなたに手を引かれて、心臓が止まるかと思いました。
ああいうドッキリなら、三六五日ウエルカムですよ！

4月3日（土）

いよいよ明日は、四人で花見だな。場所が山手だから、まだ十分楽しめるだろう。しかし……。いささか困惑するな。

場所取り担当が、遥。

料理担当が、九条と深谷。

現地までの運転手が、九条。

俺だけ、何の役目も与えられていないぞ。さっき九条にそう言ったら、「あなたは病み上がりですから、いいんですよ」といなされたが……。しかし、何かしないわけには……何か……。

よし。これより明日の晴天を願って、てるてる坊主を作成することにする。当時小学生だった遥の遠足前夜に作って以来だが、俺のてるてる坊主は効果抜群のはずだ！


日曜日の午前十時……。

「あ、そろそろだし巻きを巻き簾《す》から外していいと思いますよ、深谷さん」

「そうだった。忘れてましたっ。あとは唐揚げと……」

「つくねは僕が仕上げますから、錦糸《きんし》卵をお願いできますか？」

「わかりました！」

九条家一階の狭い台所で、九条夕焼《ゆうや》と深谷知彦は、かれこれ一時間あまり黙々と作業中である。

大野木遥は一時間ほど前、大きなビニールシートを抱え、大張り切りで出掛けていった。

そう、今日は花見の日。

それぞれが役割分担して、朝早くから準備を進めている。

しかし、忙しく立ち働く九条と知彦を見やり、憮然《ぶぜん》としている男がダイニングにいた。

大野木甫である。

彼だけが、何の仕事もなく、ただぼんやりと座っているだけだ。

昨夜から幾度となく「俺には仕事がない」と文句を言ってみたが、九条に「病み上がりなんですからゆっくりなさってください」と言われるばかりで、何もさせてもらえない。

とはいえ、九条と深谷のように料理が得意なわけでも、遥のようにフットワークが軽いわけでもない。結局、今日の晴天を願って、巨大なてるてる坊主を作成することしかできなかった甫である。

「……くそ。俺だけのけ者にされた気分なんだが」

小声で悪態をつきながら、ふて腐れて頬杖《ほおづえ》をついたそのとき……、甫の携帯電話が着信を知らせた。

「もしもし?」

通話ボタンを押すなり聞こえてきたのは、弟である遥の声だった。

『あ、兄ちゃん。駄目だよ、今日。無理!』

遥は、四人で探した桜が綺麗な公園へ場所取りに行っている。開口一番の不穏な発言に、甫は思わず声を尖《とが》らせた。

「何だって? 遥、何が無理で駄目なんだ? 桜が散ってしまっているのか?」

『違うよー、桜はあるけど、寒すぎ！　空はどんよりしてるし、風も吹いてるし。お花見するより、凍えちゃうよ～』

「何っ。そ、それはいかん。深谷！」

「は、はい!?」

包丁を持ったまま、深谷は上司のほうを振り向く。甫は、顔色を変えて知彦に言った。

「今すぐ、上着を持って遥を迎えに行け！　寒すぎて、現地で花見は無理だそうだ」

「ありゃ。わ、わかりました。すぐ行くから待っててって伝えてください」

純体育会系のリハビリ科である。いくら今日はプライベートだといっても、部下である知彦が、上司の甫に異を唱えることはない。すぐさま残りの作業を九条に任せ、知彦は物凄い勢いで家を飛び出していった。

「参ったな。外での花見ができないとなると、どうしたものか」

通話を終えた甫は、困り顔で台所の九条に歩み寄った。重箱に出来上がったご馳走をせっせと詰めていた九条は、いつもの穏やかな微笑を浮かべて「心配要りませんよ」と言った。甫は、少しムッとした顔で言い返す。

「何故だ」

「残念ですけど、公園が駄目なら、ここでお花見をすればいいじゃありませんか」

「ここで？　桜も見られないのに、こんな狭い場所で四人集って飯を食うだけでは意味がないだろう」

　だが九条は、涼しい顔でかぶりを振った。

「いえいえ。ちゃんとお花見はできますよ。二階の茶の間に座卓を出せば、四人くらいなら押し合いへし合いにはなりませんし」

「それは……そうだが、ここの二階でどうやって花見をするというんだ？　窓からは、K医大の建物しか見えないぞ。生えているのは桜ではなく、イチョウだ」

　菜箸《さいばし》を置いた九条は、やはり笑顔のまま、腰に手を当てた。

「大丈夫です。大野木先生は、僕の職業をお忘れですか？」

「え……っ？」

「しばしお待ちを」

　そう言って台所から出て行った九条は、ほどなく両手に大量の桜の枝を抱えて戻ってきた。どれも、七分咲き程度に花が開いている。甫はそれを見て、目を剝《む》いた。

「な……っ、そ、それは」

「はい、どうぞ」

「うわっ」

　九条は桜の枝をすべて甫の腕に預けると、さらりと告げた。

「桜ですよ。こんなこともあろうかと、何日か前に仕入れて、綺麗に咲くように調節していました。僕にも一応、花屋の矜持《きょうじ》というものがあります。僕がついていながら、あなたがお花見をし損じる……なんてことには耐えられませんから」

甫は唖然《あぜん》として腕いっぱいの桜の枝を見下ろす。

「そ……そんなことをして、もし、無駄になったらどうするつもりだったんだ」

「無駄にはなりませんよ。今日使わなくても、明日辺り、店を綺麗に飾るのに使おうと思っていましたから。その後は勿論、家に持ち込んで、あなたと茶の間で花見酒としゃれ込むつもりでしたので」

「そ……そ、そ、そう、なの、か」

普段から抜け目のない九条だが、まさかこんな仕込みまでしていたとは……と、あまりの用意周到さに甫は呆然《ぼうぜん》としてしまう。そんな甫の頬をさらりと撫で、九条はちょっと悪戯っぽい顔でクスリと笑った。

「というわけで、僕は料理を仕上げてしまわなくてはいけないので、茶の間のセッティングはあなたにお任せしても？　昨夜から、自分には仕事がないと、ずいぶん拗《す》ねておいでのようでしたから」

「べ……べ、べつにっ、拗ねてなどいない！　セッティングくらいは……その、してやってもいいが」

ストレートにからかわれ、甫はムキになって言い返す。九条はそんな甫の姿に、満足げに目を細めた。

「では、よろしくお願いします。是非先生も、例のピンクのワイシャツをお召しになってください。……それにしても、やはり先生には桜がよくお似合いです。美しい花が、これまた美しい花を抱えている様は、花屋の僕にとってはまさに天国ですね」

「な……っ」

欠片もてらいのない賛辞に、甫の顔はみるみるうちに真っ赤になる。

「ほら、先生のお顔のほうが、先に満開になったようですよ」

「！」

とろけそうな甘い笑みでそう囁《ささや》くと、九条はあまりの口説かれように桜を抱いて固まってしまった甫の頬を両手で包み込んだ。

「ひ、ひきょう、だぞ……！　俺は今、両手が塞《ふさ》がって……んっ」

「それも計画の内です」

あっさり白状して、九条は甫の顎《あご》を持ち上げる。そして、律儀に桜を抱えたまま、抵抗も逃走もできない甫に、存分に口づけたのだった……。

そして、一時間後。

「ただいま！　はー、冷えた冷えた！　もう、絶対無理だよ、あそこでお花見なんか……

って、あれ？　兄ちゃんは？」

知彦と一緒に九条家に戻ってきた遥は、鼻の頭を少し赤くしていた。料理の仕上げをしていた九条は、ニッコリ笑って二階を指さす。

「大野木先生なら、二階の特設お花見会場を設営中ですよ」

それを聞いて、知彦は目を見張る。

「二階？　まさか、家の中でお花見を？」

「はい。花屋の底力で、ささやかながら桜をご用意しました」

「マジ!?　わあ、俺見てこよう！」

遥はヒラリと身を翻すと、軽快な足音を立てて階段を駆け上った。

きっかり五秒後、「兄ちゃん……！」という声に引き続き、まさに爆笑としか形容しようのない笑い声が家じゅうに響き渡る。

「…………？」

九条と知彦は顔を見合わせ、何が起こったのかと、連れ立って二階へ向かった。

茶の間の襖《ふすま》を開けた瞬間、九条と知彦の喉《のど》が、同時に鳴った。

狭い茶の間のあちこちに桜の枝を美しく飾り付け……たまではいいが、どうも甫はそれだけでは物足りなかったらしい。地味な畳敷きの茶の間の壁面には、実にカラフルな、折り紙で作ったチェーンが張り巡らされていたのである。

まるで幼稚園のお誕生日会のようになってしまった室内と、やり遂げた感いっぱいに胸を張る甫と、畳の上で笑い転げている遥。

その微妙すぎる光景を目の当たりにした知彦は愕然《がくぜん》とし、さすがの九条も、言葉を失って戸口で立ち尽くしたのだった……。

4月5日（月）

お花見、楽しかったね。意外な方向へ行っちゃったけど、結果的に、何だか家庭的な雰囲気だったし。

ちょうど僕の誕生日だったから、デザートのケーキでお祝いまでしてもらえて、嬉しかったよ。

九条さん、料理上手いんだなあ。俺ももっと頑張らなくちゃ！

遥君、意外とお酒強いんだね……。僕が弱いって話もあるけど、まさか遥君に潰されるとは思わなかった……！（知彦）

んー、俺、あんまりお酒飲んでも酔わないみたい。おかしいよね、兄ちゃんはすぐ酔っぱらって寝ちゃうのに。

それにしても、兄ちゃんのセンス、ちょっとわかんなくなってきた……何だったんだろ、あの飾り付け。いや、懐かしくて可愛かったんだけどさあ。折り紙なんて、俺、もう十年以上触ってないよ。

でも……うん、意外とよかったかも、あの飾り。俺の店も、折り紙チェーンで派手に飾ってみよっかな。（遥）

4月6日（火）

お花見のご馳走、張り切って作りすぎてしまいましたね。今夜でようやく食べ切れそうです。賞味期限的な意味でギリギリですが、僕が毒味を済ませていますので、ご心配なく。

それにしても、一昨日のことを思い出すと、仕事中でも顔がにやけて仕方がありません。酔っぱらって、僕の膝枕で眠ってしまわれたあなたの寝顔ときたら、もう額装して店に飾りたいほどの可愛さでしたよ。

いいえ、勿体なくて、実際は誰にも見せたくないんですが。

はい？　写メですか？　勿論撮りましたよ。

今、待受にしています。嫌です。死んでも消しません。

4月7日（水）

九条の奴……卑怯《ひきょう》だ！　俺が酔い潰れた隙に、寝顔を写真に撮るなど。

しかもそれを待受にして、日々ニヤニヤと見返すなど……！　く、屈辱だ！

あまりにも悔しいので、こうなったら今度は九条を酔い潰して寝顔を写メってやるといったんは決意したが……。

よく考えたら、奴はそれで恥じらうどころか、俺の携帯に自分の写真があることに大喜びしそうだ……と思い至った。しそうだ、ではない。絶対、そうだ。駄目だ。これではまったく復讐《ふくしゅう》にならない。

ああ……この不公平感を、俺はどこへ持って行けばいいんだ！

4月8日（木）

すっかり春めいてきたね～。通勤するとき、ふっと春の匂いがするよ。
どんな匂いかって訊かれてもハッキリ答えられないんだけど、青臭いような、あまーいような、土っぽいような……。何だろう、命がうわーっと出てくる匂い、って感じ。
　遥君の店の前に、タンポポが咲いてるね。まるで看板娘みたいで可愛いなと思って、毎日見てる。遥君は、気がついてた？

4月9日（金）

わー、イチゴ！　これどうしたの、深谷さん。兄ちゃんが、俺にって？

そっか、兄ちゃん、俺がイチゴ大好きなの、覚えててくれたんだ。

俺ね、イチゴに練乳いっぱい掛けて、潰して食べるのがいちばん好きなんだ。だって、イチゴも美味しいし、食べ終わった後、お皿にイチゴミルクが出来上がってて、それもまた美味しいんだよ！

お皿までキレイに舐めちゃいたいくらい！

いや、さすがに今はもう舐めないけど……誰かが一緒にいるときは。

4月10日（土）

何てことだ。まったくもって、何ということだ……！

久しぶりに出勤しなくていい土曜日だったのに。書店に行こう、ＣＤショップにも行こう、映画も観たい……とあれこれ予定を立ててもいたのに。

目が覚めたら午後五時というのは、いったいどういうことなんだ！

明け方だと思っていたら、夕方だった……とわかった瞬間、ショックのあまり絶句してしまったじゃないか。

お前もお前だ、九条。何故起こさなかった。

「寝る子は育つ」だと？　この年で、今さらどこが育つというんだ……ッ。

4月12日（月）

春眠暁を覚えず、とはよく言ったものです。ぽかぽか陽気の日は、僕もアレンジメントを作りながら、船を漕《こ》いでしまっているときがありますよ。大野木先生は、神経を遣うお医者さんのお仕事でお疲れですから、余計に春の陽気が眠気を誘うんでしょうね。わかります。

わかりますが、夕飯の完成を待つ間に寝入ってしまわれては、可愛いやら残念やらで、僕はたいへん複雑な気持ちです……！

4月13日（火）

普通の桜は散っちゃったけど、しだれ桜とか八重《やえ》桜とか、まだまだこれから咲く桜があるんだね。

近所のおばあちゃんの家までコッペパンを届けたんだけど、その途中で、すっごくゴージャスに八重桜が咲いてる家があった。

八重桜ってボテボテしてて、何だかお菓子みたいだったよ。

あと、塀の上に、初めて会う野良猫もいた。

それから、今年初めてのクマンバチも見た！

ぼーっと色々見ながら歩いてたら、今年初めての蚊柱にも突っ込んだ！

何だか春って、発見の季節！って感じだなあ。深谷さんも、今度一緒にご近所散歩しよ！

4月14日（水）

仕事をしていてふと思い出したんだが……。昔、ごく小さくて短い円筒状のチョコレートが透明のプラスチック容器にぎっしり詰まった菓子があっただろう。

小さい頃、あれをちゃぶ台の縁にぐるりと並べ、端から食べるのが好きだったのを思い出した。

チョコレート全部を使って、同じ間隔でちょうど一周するように並べるのがなかなか難しくて、食べるよりそちらに夢中になったものだ。

今にして思うと、何故あんなことに血道を上げていたんだかな……。

しかし、思い出すと急に食べたくなるから不思議だ。今でもあの菓子は売っているんだろうか……。帰りにコンビニへ探しに行くから、帰りが少し遅くなるぞ。

4月15日（木）

春は発見の季節か～。本当にそうだね。

駅前に、いつの間にか新しいカフェが出来てた。まさか、そんなところが空き地なわけないから、何か店があったと思うんだけど……いったい何だったか、さっぱり思い出せないんだ。不思議だよなあ。

まるで空から落ちてきたみたいに、可愛いカフェが突然そこにあるって。

あ、でもメニューをちらっと見たら、凄く美味しそうだった。

北欧風オープンサンドイッチが売りみたい。

遥君、興味あるんじゃない？　週末、二人で行ってみようか。ブランチによさそう。

4月16日（金）

北欧風オープンサンド！　何か凄くよさげな響き。

でも、北欧風って何だろ。バイキングっぽい何か？　それともフィヨルドっぽい何か？　俺、北欧って言ったら、その二つとムーミンしか知らないや。やっぱ、行って確かめなきゃね。

今はコッペパン一筋だけど、そのうち他のパンも店に置きたいんだ。だから、色んなパンを食べて勉強しなくっちゃ！

4月18日（日）

今日は初めてあなたのご自宅にお邪魔して、とても感慨深い一日でした。あんなに広いお部屋にお住まいだったのに、よく極小住宅もいいところの僕の家で、我慢してくださっているなあ……と申し訳なく。

でも、正直言って、生活感のないお部屋でしたね。

あなたが用事を済ませて、「早く帰ろう」と言ってくださったのが、僕はたまらなく嬉しかったですよ。

あなたにとっては、何の気なしの発言なんだと思いますが。（九条）

まさか、仕事に使う資料を取りにマンションに帰るだけなのに、お前がついてくるとは思わなかった。

確かにマンションの部屋は、お前の家よりは遥かに広いし綺麗だし、本来ならば快適なはずだ。だが……無機質すぎて、何故か息が詰まる。

いったい俺は、あそこでどうやって平気で暮らしていたんだろうな。

いいや、別にお前の家が素晴らしいと言っているわけじゃないぞ。

狭いし、古いし、畳はミシミシ鳴るし、エアコンの効きもすこぶる悪い。

だが、何故か落ち着く。不思議なものだ。（甫）

4月19日（月）

昨日のカフェ、内装可愛かったね。白木の家具ばっかで、あれが北欧風なのかな？

オープンサンドイッチも、俺初めて食べたけど、そっか。食パン二枚で挟むんじゃなくて、一枚の上に具を載っけただけだから、オープンっていうのか。

俺の食べた小エビのサンドイッチ、見た目より美味しかった！　レモンがきいてて、あとマヨネーズとディル？　それの味と、薄いのにどっしりした黒パンがよく合ってた。

深谷さんの、ジャガイモのカレー味サンドイッチも旨かったよね。俺、一口だけちょうだいって言って、三分の一くらい食べちゃった……ゴメン。

4月20日（火）

九条、お前、日曜にうちに来たとき、俺の衣類をついでだからと大量に

軽トラで持ち帰ったが……。

お前の家に、俺の衣類を収納する場所がないじゃないか！

廊下にずらりとプラケースを並べるのはまあいいが、おかげで俺もお前も、廊下を蟹《かに》歩きでないと通れなくなってしまった。うっかり二人が同時にすれ違おうとすると、たいへんいかがわしい体勢になる。

しかもお前が、それをめいっぱい楽しんでいるのを隠さないのが腹立たしい……！

まったく。狭いながらも楽しい我が家、とはよく言われることだが、狭すぎるのは問題だ。俺が来たばかりに手狭になったのだから、何か対策を考えなくてはな……。

4月21日（水）

おやおや、そんなことであなたを悩ませてしまうなんて、僕もまだまだ未熟ですね。いいんですよ、僕はこの家が狭ければ狭いほど嬉しいです。

だって、そのおかげで、いつだってあなたの近くにいられますから。

でも、あなたが居心地の悪さを感じているなら、それはいささか問題です。うーん。ささやかな裏庭に、物置でも買いましょうか。押し入れのガラクタをそっちに放り込めば、あなたの服を代わりに入れられるかもしれません。

　ただ……何か諍《いさか》い的な事件が起こったとき、あなたにそんなところに閉じこもってしまわれては、それもまた困りものですしねえ……。

4月22日（木）

　すっかり春だね。病院に勤めてると、ずっと空調の効いたところにいるだろ？　季節が感じられなくて困るから、昼休みは中庭に出て食べることにしてるんだ。ベンチに座ってると、お日様の力が日に日に強くなっていくのがわかるよ。
　今日、いつもみたいにベンチで遥君が持たせてくれたコッペパンをかじってたら、九条さんが大きなアレンジメントをかかえて通りかかった。
　忙しそうだから声はかけなかったけど、やっぱり患者さんも、ちっちゃな命を傍《そば》において、春を感じたいんだな～って思った。
　アレンジメント、水交換の要らない奴とか、花粉が落ちにくい奴とか、病院への持ち込みには色々条件があって大変だけど、九条さん、頑張ってるなあ。

大野木先生にそう伝えたら、「そうか」としか言わなかったけど、何だか微妙に口元が歪《ゆが》んでた。照れてた……かな?

4月23日(金)

あー。久しぶりにやっちゃった。

うっかり油断して、ちょっとだけ過発酵。食べられないことはないけど、お客さんには出せないから焼き直し。

あああー。ごめんなさいごめんなさい。

小麦を作ってくれた人、ごめんなさい。

売り物にならないパンだって、家でちゃんと食べきるけどさ。でも、せっかくいい粉なのに、美味しくないパンを焼いちゃうと凹むなあ……。

深谷さん、失敗のパン、お弁当に持ってってくれてありがとね。

でも兄ちゃんには食べさせないで! 絶対!

4月24日(土)

ふむ。他業種については、やはり知らないことが多いな。

お前の花の買い付けに初めて同行して、色々学んだ。業者から買うだけ

でなく、花を育てている農家から直接買い付けることもあるのか。花畑で花を摘むなどという経験は人生初で、興味深かった。しかし……俺がさんざん吟味して摘んだ花は、自宅用にしかならないと聞いて、若干衝撃を受けたぞ。なるほど、確かに今開いて美しい花では、店頭に並ぶ頃には盛りを過ぎてしまうものな……。
俺が愚かだった。しかし、お前も一言くらい注意すればよかったんだ、九条。何故ニヤニヤ笑って見ていた……？（甫）

ニヤニヤではありませんよ、ニコニコです。

美しい花に囲まれたあなたが、真剣に花を摘んでいる姿があまりにも眼福で、つい見とれてしまっていたんです。

それに、あなたが摘んでくださった花を店で売るなど、勿体なくてできません。当然、僕が独り占めです。

いいじゃないですか、家じゅうに飾って、あとは深谷さんと遥君にお裾分けしましょう。（九条）

4月26日（月）

GW、今度こそ深谷さんと旅行に行くぞって思ったのに、兄ちゃんがやっぱり駄目って言うんだ。

ぶー。むかついたから、ケータイに電話して思いきり文句言ってたら、横から九条さんが、「保護者同伴ならいいんじゃないですか?」だって。

どうも四人で旅行行くことになりそうだよ、深谷さん。俺としては、深谷さんと二人でラブラブな旅行がしたかったんだけどなー。

でもまあいいや。兄ちゃんと一緒だったら、兄ちゃんの奢《おご》りだもんねっ。

うんと甘えちゃおうっと。

4月27日（火）

今日、大野木先生から、旅行のこと聞いたよ。昨夜、九条さんと二人で、まだ予約できる宿をネットで調べてくださったみたい。

遥君、大阪《おおさか》のテーマパークとか水族館とか行きたいって言ったんだって?　どうせなら、三泊四日くらいで、関西をあちこち回ろうってさ。

三泊四日!　そんな長い旅行、久しぶりだよ。豪勢だなあ。

でも、ホントに奢りだとは思わなくて、ビックリしちゃったよ。どうしよう、僕も便乗させていただいていいのかな。何だか申し訳ない感じ。

でも、大野木先生に、「部下にみすみす金を払わせるほど、俺は甲斐性のない上司か！」って怒られちゃったから、ありがたくご厚意に甘えることにしよう。

っていうか、「荷物持ちとして連れていってやってもいい」って言われたんだけど……ええと……三泊四日分の旅費に値する荷物って……。

僕に持てる重量でありますように……！

4月28日（水）

思いがけず、僕まで旅行に連れていっていただけることになってしまいました。嬉しいですね。

大野木先生と二人きりも素敵ですが、四人で賑《にぎ》やかに、というのも楽しそうです。

連休中はどのみち店を閉めるつもりでしたので、まったく問題ありません。今日と明日で、手持ちの花をあらかた売り切る予定ですよ。

ふふ、それにしても大野木先生、張り切ってますね。

今日は帰りが遅くなると連絡があったので、てっきりお仕事が長引いているのだと思いきや、書店でガイドブックを物色していらっしゃったとは。今も、布団の上でガイドブックを読みふけっている先生の姿は、遠足前夜の小学生みたいで可愛らしいです。隙を見て写メりたい……。

4月29日（木）

旅行に必要なものを九条と一緒に買いに出たはいいが……。休日のデパートの混雑は、筆舌に尽くしがたいものがあるな。新しい下着とデジカメを買っただけで、目眩がするほどくたびれた。

思わずデパート内のカフェで、ケーキなど食べてしまった。やはり疲れたときには、甘いものが旨いな。

それにしても最近は、男性用の下着もカラフルなものが増えたんだな。俺は断固としてシンプルな無地にこだわるが、九条の奴、やけに派手なものを購入していたようだ。

あいつ、まさか、温泉に泊まるというのに、あれを穿《は》くつもりなんだろうか……。

4月30日（金）

ひゃっほー！　明日から、いよいよ旅行だね！　もう荷物も詰めたし、デジカメも充電したし、新しいスニーカーも慣らしたし！
こんなに長くパン屋休むの初めてだから、ちょっと腕がなまりそうでドキドキするけど、でも遊ぶときはめいっぱい遊ばなきゃ。
兄ちゃんたちがいても、遠慮することないからね、深谷さん。
二人でいっぱいラブラブして楽しもうね〜！（遥）

旅行前って、何故かいつも大事なものを忘れてる気がして、荷物を何度もチェックしちゃうんだ。国内旅行だし、どこにだってコンビニはあるから、忘れ物をしてもたいてい買えば済むってわかってるのにね。

そういえば今日、仕事帰りに大野木先生にお手製の「旅のしおり」を頂いたんだけど……。何だか凄いよ、これ。荷物のチェックシートはあるし、観光名所の説明はついてるし、あとスケジュールが……スケジュールが凄すぎる……。三十分刻みでびっしり予定が書いてあるんだけど。これじゃまるで、新入社員の研修合宿だよ……。

いったいこの旅、どうなるんだろう。うう、緊張してきた。（知彦）

うむ。荷造り完了。特製のてるてる坊主も吊した。ガイドブックの必要な箇所には付箋《ふせん》をつけたし、旅のしおりも各々に配布した。このスケジュールさえ守れば、最大限に有意義な観光旅行ができるはずだ。まあ、旅にはハプニングがつきものだが、予定を立てておくに越したことはない。
各自、出発前の体調管理から、旅は始まっている。
今夜は早寝して体調を整えておくように！（甫）

張り切ってますねえ、大野木先生。たいへん凛々《りり》しいお姿です。

勿論、僕も体調を万全にして旅行に臨む所存ですよ。

先生と二人、交替でレンタカーの運転をするわけですし、深谷さんと遥君を危険な目に遭わせるわけにはいきませんからね。

しかし……。その、何と申しますか。旅行中はずっと四人で同室なわけですし、僕としては、名残の何とかではありませんが、今夜のうちに大野木先生と「仲良く」しておきたいところです。

おや、大野木先生、何とも素早い寝たふりですね……。（九条）

皐月

5月6日（木）

ただいまーっ！　ああ、楽しかった！

テーマパークに、水族館に、大仏に、鹿せんべいに、温泉に、タコヤキに、神戸《こうべ》牛！　いっぱい遊んだね～。

テーマパークで、俺が深谷さんと手を繋《つな》いだの見て怒ったくせにさ、兄ちゃん、水族館の暗がりで、九条さんとチューしてた！　ケータイで激写してやったから、あれを見せれば、当分俺たち堂々といちゃつけそう。

はー、くたびれたけど、凄くリフレッシュした感じ。

今日からまた、頑張ってパン焼くぞ。おー。（遥）

は、遥君、いつの間に、そんな場面をパパラッチしてたの！　可哀想だから、消してあげて……！

それはともかく、本当に楽しい旅行だったね。みんなで遊んで、観光して、温泉に入って、ご馳走食べて、宿でテレビ見て、トランプして、喋りながら寝落ちしちゃって……。大人の修学旅行って感じだったなあ。

荷物持ちも、僕にこなせる程度でよかった。

大野木先生にはすっかりお世話になっちゃったから、今日から仕事、うんと頑張ってご恩返しをしないと。……って、そうやって力むと、かえって失敗するんだよな。

よし、平常心、平常心……！（知彦）

疲れた……。非常に充実した時間を過ごしたが、さすがに体力がエンプティだ。昨日一日の休息では、まったく疲れが取れていない。

しかし、やはり連休中は道路が混雑するものだな。予定を立てるときは、移動時間にもう少し幅を持たせることの必要性を痛感した。

余裕があれば京都《きょうと》にも行ってみたかったが、さすがに無理だった。次回は、京都と奈良《なら》を、もっと時間をかけて巡ってみたいものだ。

それにしても、遥め……。

あんな写真で、俺を脅迫しようとするとは。あれは断じて、俺が九条に云々というシチュエーションではない！　九条が不意打ちで俺を暗がりに引っ張り込み、不埒《ふらち》な振る舞いに及んだだけだ！（甫）

さすがに昨日は、荷ほどきと洗濯で力尽きてしまいましたね。今朝、花の仕入れのために早起きするのが、たいへんつらかったです。

とはいえ、身体は疲れていても、心は非常に爽やかでした。やはり、旅行はいい気分転換になりますね。数日ぶりの花たちも、いつもより色鮮やかに見えるようです。

それにしても、遥君、そんな素敵にロマンチックな場面を、写真に残してくださっていたとは。感激です。是非、待受にしたいので、今度データをいただけますか……？

いやあ、あのときはつい、コツメカワウソに白熱する大野木先生のお姿にいてもたってもいられず、ちょっとした暴挙に及んでしまいました。

まったく、先生は罪な方ですね！（九条）

5月7日（金）

うー。ちょっと留守すると、気温とか湿度とか、そういうのがわかんなくなるんだよなー。天気予報は勿論チェックするんだけど、やっぱ肌で感じないと駄目みたい。
昨日も今日も、失敗こそしてないけど、コッペパン、会心の出来ってわ

けにはいかないや。

でも、神戸で買ったミルクジャムが美味しくてさ。すっごくコッペパンに合うんだよね！　これ、期間限定で出してみたいけど、ミルクジャム、買うとけっこう高い。自分で作れないかな〜。

えっと……自分でっていうか、ええと、深谷さん……作れない？

だって、こういうの、俺が作るより深谷さんが作ったほうが絶対美味しいんだもん。

5月8日（土）

やれやれ。旅行中に撮った写真を編集して、旅の記念にお配りしようと思ったのですが……。

画像をパソコンに取り込んで、愕然としました。

僕としたことが。大量に撮影した写真の八割が、大野木先生でした。

大野木先生の写真は、僕が独り占めする所存ですので差し上げられません。とはいえ、二割程度の写真では物足らないにも程がありますので、皆さんが撮影したものもお借りして、素敵な旅のアルバムを作ろうと思います。恐れ入りますが、お暇なときにデータをお借りできますでしょうか。

いやあ、それにしても……。

旅先での大野木先生は、実に伸びやかな表情をしておられて、思わず写真に見とれてしまいます。昼食後すぐにチェックを始めたはずなのに、気がついたらもう夕方で、さすがに焦りました。

今日の夕食は、あり合わせで何とかしなくては……！（九条）

5月10日（月）

何となく、まだ身体も頭も連休ボケしてる感じ。いけないなー。でも不幸中の幸いっていうか、大野木先生もいつになくエッジが鈍い感じ。やっぱり、先生もまだお疲れなのかな……。
それでもこの週末は、ゆっくり休めてよかったね。
昨日、ミルクジャムを試作して微妙に失敗したから、仕事の合間に他のレシピも調べておくよ。また、一緒に作ってみようね！

5月11日（火）

深谷さん、九条さんに旅行で撮ったデジカメのデータ、送ったんだよね？　さっき、俺のメアドに、「旅のアルバム」ってタイトルのフォルダ

が添付されたメールが来たんだ！　四人が撮った写真を編集して、アルバムに仕立ててくれたんだってー。マメだよなー。

晩ごはん食べたら、一緒に見ようよ。でもって、俺たちのラブラブ写真を選んで、でっかくプリントアウトしちゃおう！

5月12日（水）

おい、九条。昨夜、お前が仕上げたこの「旅のアルバム」だが……。四人の写り具合が不公平じゃないか？　遥と深谷が同じくらい、お前がやや少なめ、そして俺がいちばん写っていないじゃないか。

何？　俺が可愛く写っている写真は、すべて自分専用にした？

お……お前……寝言は寝て言え。

これでは、俺が旅行にほとんど参加していないようじゃないか！　そんなわけのわからない独占欲は脇《わき》に置いて、ちゃんと四人が公平に写っているバージョンを作り直せ！　絶対にだぞ！

5月13日（木）

うう……大野木先生があまりにお怒りになるので、僕秘蔵の先生の可愛

いショットも盛り込んだ「旅のアルバム改訂版」を完成させました。皆様にお送りしますね。

しかし、大野木先生以外のお二方は、是非とも前のバージョンをお楽しみください。

ああ勿体ない勿体ない。あんな大野木先生もこんな大野木先生も、僕だけのものにしておきたかった……！

5月14日（金）

何だか急に暑くなったよなー。

今日、駅前まで買い物に出たら、すげー旨いかき氷屋が出来てた！　ふわっふわのミルク味の氷に、マンゴーどっさり載っけてあるんだ。あんまり暑いから寄り道して食べたんだけど、夢みたいに旨かった。

深谷さんに持って帰ってあげたかったけど、ふわふわすぎて持ち帰りは無理なんだって。あっという間に溶けちゃうって。残念だったなあ。

やっぱ二人で感動したいじゃん、そういうときって。

明日、休みでしょ？　今度は一緒に行こう！

5月15日（土）

昨夜、遥君から山ほどかき氷の感想を聞いて、いったいどんなだろうって想像ばかり膨らんでいたんだけど……。ホントに凄いね、あれ！　最初見たとき、こんなに大盛のかき氷、食べられないよって思ったのに。口に入れた瞬間、ふわっと溶けて、しかも普通のかき氷ほどは冷たくないんだね。優しい冷たさっていうか。マンゴーも、この値段でこれはないよってくらい載ってて、何だかもうカルチャーショックだったよ。

何となくだけど、大野木先生も、こういうの好きな気がする。今度誘ってあげたら？　遥君のお誘いだったら、先生、きっと大喜びするよ。

5月17日（月）

新緑の季節ですね。この時期の草花は、一日で凄まじい成長を見せるので、見るたび驚かされます。

入院患者さんに鉢植えは縁起が悪いと言いますが、お見舞いの帰りにうちに立ち寄られて、鉢植えをお求めになる方々がいらっしゃるんですよね。

そういうお客様のために、今年はハーブの寄せ植えを用意してみました。小さなキッチンガーデンとして、可愛がって頂けるといいのですが。

我が家の台所にも、一つ置いてみました。気が向いたら、葉を指で擦ってみてください。いい匂いがしますよ。

5月18日（火）

今日さ、ちょっと計量間違えて、パン生地が多めに出来ちゃったから、あまった奴を自分用に揚げパンにしてたんだ。そしたら、匂いを嗅ぎつけたお客さんが、食べたい食べたいってうるさくてさ。
給食を思い出したんだって。ふーんって思って、試しに店頭に並べてみたんだ。いちばん単純な、砂糖だけまぶした揚げパンにしたんだけど、いつものコッペパンより大人気だった！
これから暑くなる時期に揚げ物はちょっとつらいけど、でも、喜んでもらえるんだったら、限定メニューとして導入してみてもいいなあ。
深谷さんも、給食で揚げパン食べた？　どんな味の奴？

5月19日（水）

揚げパンかあ。懐かしいな。食べたよ。小学校の給食で。献立に揚げパンって書いてあると、前日から楽しみだった。

味は色々あったけど、僕がいちばん好きだったのは、砂糖ときなこをまぶした奴。香ばしくて美味しかったな。
コッペパンの生地を揚げたら、あの揚げパンになるんだねえ。
今度、僕にも作ってくれる？　久しぶりに食べたくなってきた！

5月20日（木）

しまった。九条が作ってくれた弁当を、持ってくるのを忘れてしまった。

仕方ない、今日はパンでも食べるか……と、売店で菓子パンを買って医局に戻ったら、机の上に弁当箱があった。

花の配達のついでに、九条が届けてくれたらしい。

期待していなかったものを口にできると、なかなかに嬉しいものだな。

食べる必要のなくなった菓子パンは、九条への土産にしよう。

いや、あいつには色々世話になっているし、もうちょっとマシなものを持って帰ったほうがいいか……。

マシなものとは、しかしいったい何だ……？

5月21日（金）

遥君が作ってくれた揚げパン、凄く旨かった！　懐かしい味だったけど、油がいいのか生地がいいのか、その両方かな。給食のより、全然旨かった。

それで調子に乗って三個も食べちゃったもんだから、今朝、何年ぶりかに顎にニキビができたよ。何だか年齢を感じるよね、こういうときって。

しかも、大野木先生に目敏く指摘されて、「不摂生だぞ！」って叱られるし。あーあー。

5月23日（日）

日曜に寝坊をすると、非常に一日を無駄にしたという感じが強いんだが、疲れが取れて身体は楽になる。一方で、日曜に遠出をすると、非常に充実してはいるんだが、一週間、気《け》怠《だる》さが残る。

どちらを選択しても後悔する羽目になるんだから、困ったものだな。

そうか。いっそほどほどに寝坊して、近場へ出掛ければいいのか。ふむ。なるほど。（甫）

まさかそんな理由で、「正午起床、カフェでブランチの後、美術館へ行き、夕飯の買い物を済ませて帰宅」というプランを提案されたとは思いもよりませんでした。

　僕はあなたと一緒なら、どこで何をしていても楽しいんですが、あなたのほうは、納得いく休日が過ごせましたか？　あなたのお休みに合わせて日曜定休にしたので、もっと色々な場所へ出かけられますよ。

　家でゴロゴロしているだけでもあなたを退屈させないよう、僕がもっと色々と努力すべきですね。いわゆる家族サービスというもののあり方を、真剣に考えてみることにします。（九条）

5月24日（月）

　今年は本当に天候が安定しないな。夏みたいに暑かったと思うと、急に涼しくなったり……。花屋の仕事も、これでは大変だろう。

　病院は一晩中誰かがいるから、空調が止まるときがない。季節の移り変わりを感じるチャンスは、通勤路だけだ。

　しかも、九条の家で寝起きするようになって以来、その「季節を感じる時間」は、片道五分程度になってしまった……。

　家と職場が近すぎるというのも、善し悪《あ》しだな。

5月25日（火）

先週、思いつきで作った揚げパンがあんまり好評だったから、これから週に一日だけ、揚げパンも作ることにしたんだけどさ。それも、味付け色々作れないから、今週は砂糖まぶしただけの奴。そしたら、揚げパンが真っ先に売り切れちゃった。

そりゃ、出来たてを食べてほしいから、売り切れるのが早いほど嬉しいんだけど！　生地だって、コッペパンと同じなんだけど！

でもでもなんか、こう、コッペパン屋のアイデンティティがピンチな感じ!?　あー……でも、自分で食べてもやっぱ美味しいんだよね、揚げパン。

5月26日（水）

俺は、遥君の作る揚げパンも好きだけど、やっぱりコッペパンが大好きだよ。初めて食べたときの感動、今でも忘れてないもの。

大野木先生が遥君の仕事を認めてくれたのも、遥君のコッペパンが凄く美味しかったからだと思う。

勿論、ルーツを大事にするのは凄く大事なことだけど、そこに立ち位置を決めておいて、たまに一歩外に出たって別にいいんじゃないかな。

揚げパンが凄くよく売れるのは、きっとまだ珍しいからだよ。僕としては、どっちも同じくらい愛される商品になると思うんだけど。

あ、昨日、遥君が持たせてくれた揚げパンは、大野木先生に奪われた。不摂生って言ってたくせに、食べたかったんだね、きっと……。

拭《ふ》き損ねた砂糖が、午後じゅうずっとほっぺたについたままだったんだけど、誰も怖くて突っ込めなかった。先生、あのまま帰ったのかな……。

まあ、徒歩五分だし、大丈夫だと思うけど。

5月27日（木）

ふ〜か〜や〜!!　お前、俺の顔に砂糖がついているのに気付いていたなら、何故指摘せん！　だいたい、怖くて突っ込めないとは何ごとだ。俺は、理不尽な怒りをお前にぶつけたことはない！

あ……いや、さほどない。

次からは、必ず即座に指摘するように。いいな？

まったく……。

お前が一言、頬に砂糖がついていると言ってくれていれば、帰宅するなり九条に顔を舐められる羽目にならずに済んだんだぞ……！

5月28日（金）

大野木先生は、徒歩五分の我が家に帰ってこられるのに、わざわざ遠回りの寄り道をして、お土産を買ってきてくださることがあります。ケーキだったり、お酒だったり、ものは色々ですし、どれも嬉しいのですが。

一昨日のように、ほっぺたにお砂糖なんて可愛いお土産をつけて帰ってくださるのは、この上ない幸せです。

やあ、二日経っても、人というのは思い出し笑いができるものなんですね。つくづく、僕は幸せだと思います。

5月29日（土）

俺さあ、遊園地に来るの、久しぶり！　テーマパークはあるけど、遊園地って懐かしい響きだよね。メリーゴーランドはさすがにもう乗れないけど、オバケ屋敷は今でも入る！　だけど全然怖くない！

何かさ、兄ちゃんがたまに淡々と語る「病院で本当にあった話」のほうが全然怖いよ～って言ったら、深谷さんが「言わないで！」って耳を塞いじゃった。深谷さん、変なとこで怖がりだね……。（遥）

もう、せっかくの遊園地で、あんなリアルな怪談をいきなり始めちゃ駄目だよッ！　僕、そうじゃなくても夜の病院って何だか怖くて、帰りが遅くなると、わざわざ病院棟じゃなくて、学生さんたちの講義室がある棟を通って帰るくらいなんだから。

でも、実は校舎は校舎で、密かに何か別タイプの怪談があるような気がするんだよね……あいやいや、考えちゃ駄目だ。

とにかく。二人で観覧車に乗ったりして、眺めは凄くよかったし……ええと、ちょっとだけロマンチックでもあったけど……。観覧車の中って、とにかく暑いね。学習した。夏はやめよう。（知彦）

5月31日（月）

ねえねえ深谷さん、「緑のカーテン」って知ってる？　日当たりのいい窓を、ツルが出る植物をネットに茂らせておおって、日よけにするんだって！　ヘチマでも胡瓜《きゅうり》でもゴーヤでも、つるが出れば何でも大丈夫みたいだよ。俺んちの茶の間は南向きだからけっこう暑いんだ。食べられる植物を育てたら、晩ごはんのおかずにもなるし、涼しくもなりそうだよね。

何か興味湧いてきた！　やってみようよ〜！

水無月

6月1日（火）

緑のカーテンかあ。確かに、かなりエコな感じだよね。
ゴーヤはともかく、胡瓜とか豆なら、どんどん食べて消費できるし。ネットで調べたら、宇宙イモなんて不思議な植物もあるみたい。プランターと土とネットがあれば、手軽に作れそうだよ。
ただ……情けないこと言って幻滅されたくないんだけどさ。僕、あの毛虫とかアブラムシとか、あの手の虫、凄く苦手なんだよ。無農薬で作ろうと思うと、ああいうの、手で取らなきゃいけないんだよね？
ちょっと……僕はちょっと……腰が引けるかも！　遥君は平気？

6月2日（水）

おや、緑のカーテンのご相談ですか。うちも作っていますよ。台所の窓から西日が差して暑いもので。
うちではスナックエンドウですが、初心者にはゴーヤがオススメです。
葉が大きいので、いい感じの日陰ができますよ。ヘチマでもいいんですが、ヘチマがたくさんできても、ねえ？

よろしければ、ホームセンターで必要なものを選ぶお手伝いをしますよ。

我が家では毎朝、大野木先生が出勤前に庭に出て、豆を収穫するのが日課になっています。嬉々として豆を摘む大野木先生を窓越しに見るのが、僕の毎朝の楽しみです。得意げに収穫物を見せてくださる姿の可憐《かれん》さは、当然、他の誰にも見せられません。

6月3日（木）

九条、余計なことまで言わなくていい！

しかし、スナックエンドウというのは、育つのが早い植物だな。摘んでも摘んでも、次の朝にはまるまると太った豆が必ず見つかる。

自分で収穫した豆なら、毎日食べても飽きないものだ。

……いや、まあ、そこに至る過程は、すべて九条任せなんだが。

俺もあまり……虫は得意じゃない……。収穫のときも、豆に虫がついていると飛び退ってしまうほどだ。

ガラスの向こうの九条が、そんな俺を見て、あり得ないくらい嬉しそうな顔をするのが解せん……！

6月4日（金）

俺、虫は全然平気！
よーし、この週末、九条さんにつきあってもらって、道具と苗を揃えちゃおう！　でもって、植えるとこまで教えてもらおう！
上手くいけば、今年の夏は、胡瓜とゴーヤを買わずにすみそうじゃん。
ゴーヤ……は、俺、あんまり好きじゃないんだけどさ。だって苦いもん。苦いの好きとか、不思議だよね～。というわけで、ゴーヤは一本だけにしようね！　あと胡瓜！　豆はちょっともう遅いかもって、さっき電話で九条さんが言ってた。残念～！

6月6日（日）

できたね！　緑のカーテン……の、準備。
ツルを這《は》わせるためのネット、意外と設置が大変なんだなー。というかまず、小さく折り畳まれた網を広げるのが大変だった。
それより何より、九条さんがひとりで手伝ってくれるのかと思ったら、大野木先生までご一緒だったから、もうビックリ！
確かに弟の家のことをお兄さんが手伝うっていえば当たり前なんだけど、

僕にとっては上司だもん。何だか申し訳なくて。でも、四人がかりじゃないと、買い物から植え付けまでたどり着けなかったかも……。

ささやかなお礼に、急遽《きゅうきょ》、庭でやったバーベキューも楽しかったね！

本当に、素敵な日曜日だった。

ゴーヤと胡瓜、大事に育てて、必ず収穫までこぎつけようね！

6月7日（月）

キー！　植えたばっかの胡瓜とヘチマの苗、もうアブラムシがついてる！　九条さんおすすめの天然素材の駆虫スプレー、やっぱ買っといてよかった。

深谷さんが、兄ちゃんと同じように虫が苦手なんて、意外だよね。大丈夫、俺がうんと頑張るからねっ。

っていうか、アブラムシは葉っぱと同じ色で見つけにくいけど、アリンコがせっせと通ってくるから居場所がばれちゃうんだよねー。

こういうの何て言うんだっけ。

鶏も鳴かずば食われまい？

6月8日（火）

遥……。それを言うなら、「雉《きじ》も鳴かずば打たれまい」だ。

まったくお前は、万事において食い気優先だな……。

いや、お前だけじゃない。

今日、リハビリルームで何気なく深谷と患者との会話を聞いていたら、深谷の奴、自信満々で「雉も鳴かずば焼かれまい」と言っていた。

こういうのを、似た者何とかとか、割れ鍋に綴《と》じ蓋とかいうんだろう。

いや！　別に俺は、お前を遥の配偶者とまだ認めたわけではないからな、深谷！　あくまでも、一時的に交際している相手、というだけなんだからなっ！

6月9日（水）

おやおや。大野木先生、そんなことを仰っては、遥君も深谷さんも寂しくなってしまいますよ。

やはりずっと一緒にいたいと思うからこそ、おつきあいするものですしね。僕なんか、死ぬまでどころではなく、七代生まれ変わっても大野木先生とご一緒したいと思っています。

というか、何度生まれ変わっても、大野木先生を見失う気がしませんねえ……。こんなに可愛い人は、世界に二人といないはずですから。

6月10日（木）

あわわわ……。そ、そうか。言ったとき、何か違和感があったんだ！

「雉も鳴かずば打たれまい」でしたよね……。

ああ、恥ずかしい。すいません大野木先生。

僕、もっと遥くんにふさわしい人間になるように、頑張りますから！

それにしても、九条さんの愛情って深いなあ……。

勿論僕だって、遥君のことを負けないくらい好きなつもりですけど、でも、そうスラスラ言葉に出して言えないです。……照れくさいのもありますけど、「好き」をよくそんなバリエーション豊かに表現できるなあって、呆れ……いや感心します。

6月11日（金）

植物の成長って早いね！　今朝、ついに胡瓜の苗からツルが出たっ！

これを上手く、ネットに……ええと、誘引？　すればいいんだよね。毎朝

見るたび、ちょっとずつ伸びてるからビックリする。

それにしても、兄ちゃんとこの真似なんかしなくていいよ、深谷さん。

九条さんと兄ちゃんは頭がいいから、言葉も色々必要だけどさ。俺と深谷さんは、「好き」だけで十分過ぎるほど、気持ちが通じるもん。

俺、深谷さんに「大好き」って言うの、凄い好き。

深谷さんに「大好き」って言われんのも、凄い好き。

それでいいじゃん。ねっ？

6月13日（日）

眠いと渋って仰ったあなたを、無理矢理起こして散歩に連れ出したりして、ごめんなさい。けれど、あまりにも気持ちのいい朝だったので、どうしてもあなたとお散歩したくなったんです。
本当は山の新緑が見たいところですが、街中でも、街路樹の緑や庭木の緑がとても綺麗でしたね。
最初は仏頂面で口もきいてくれなかったあなたが、徐々に笑顔になっていくさまを見ているのは、僕にとっては花のつぼみが開くのを見守っているような気分でした。

あまり暑くならないうちに、また二人で散歩に行きましょうね。（九条）

ふむ……。お前に朝っぱらから起こされたときは殺意すら芽生えたが、早朝の散歩というのはなかなか気持ちがいいものだな。

都会でも、休日、しかも朝の空気は旨い。

それに、家々の庭に生えている木や花の名前を、お前が歩きながら教えてくれるから、意外と退屈しなかった。来年は、お前が言う郊外の山を見に小旅行でも……。

来年……？

まさか、こんなに自然に、お前と「来年」を過ごすつもりでいるとはな。自分で自分の発言に驚く。（甫）

6月14日（月）

遥君、今日ね、九条さんと大野木先生が育ててる豆、わけてもらったよ！

そういえばこの豆、スナックエンドウっていう人と、スナップエンドウっていう人がいるよね。どっちなんでしょうねって大野木先生に訊いたら、

「知るか」って興味なさそうに流されたのに、さっきメールで「どちらでも正しいそうだ」……だって。

きっと、九条さんに確かめてくださったんだろうな～。さすが大野木先生。僕なんかの質問にも、きちんと答えてくださるなんて。

しかも豆も美味しい！　こんなに甘いんだね、スナックエンドウって。

二重の意味で、大野木先生への尊敬の念を新たにしたよ。

6月15日（火）

九条さんちの豆、凄く美味しかった！　くう、来年は絶対あの豆作る！ねっ、深谷さん！

それにしても、ゴーヤも胡瓜も、にょきにょき伸びるね。胡瓜なんか、もうすぐ花が咲きそうな勢いだよ？　すっげー。俺も、このくらいのスピードで進歩できたらいいのに。

明日は揚げパンの日！　暑いけど、みんな揚げ物大丈夫かな……。

おじいちゃんおばあちゃんでも、安《あ》倍《べ》川《かわ》餅みたいだって喜んでくれるから、明日はきな粉と砂糖を混ぜた奴をまぶすよ～！

6月16日（水）

うちのスナックエンドウを気に入っていただけてよかった。

調子に乗ってたくさん植えたら、本当に毎日、山ほどできるようになりまして。大野木先生の出勤時刻が若干遅いのは、収穫に時間がかかっているからなんですよ、深谷さん。

除虫や水やりで苦労する代わりに、とりたての野菜は本当に甘くて美味しいので、深谷さんと遥君も楽しみに育ててくださいね。

あ、梅雨入り前の今、胡瓜にはうどんこ病が出やすいですから、葉に白っぽいブチが出たら、すぐお知らせください。対処法をお教えしますので！

6月17日（木）

蒸し暑い……。今年は急に暑くなって、しかも何度か寒さが戻ったりしたせいか、どうも身体が気温の変化についていけない気がする。一日中、身体が重い。

こういうときは、九条の家で寝起きするようになって、職場が近くなった現状がありがたいな。

ただ……花屋の裏口から出た途端、ちょうど通院してきた患者に鉢合わせて不思議そうな顔をされるのには、まだ慣れん……！

6月18日（金）

胡瓜に最初の花が咲いたッ！　胡瓜の花って、黄色いんだね。何かこの手の植物の花って、ひょうたんもヘチマも、全部黄色いような気がする。違ったっけ？

　とりあえず、これ、ほっとくとこのまま胡瓜になるの？　楽しみだな〜。ね、深谷さん。胡瓜がとれたら、最初に何作る？　そのまま？　棒々鶏《バンバンジー》？　それともサンドイッチ？　あ、ポテトサラダもいいなあ……。

6月19日（土）

ダラダラと夕食後の時間を過ごして、深夜、ふと目を覚ましたら、九条がデスクライトだけつけて、文机に向かって本を読んでいた。後ろからそっと覗《のぞ》くと、園芸雑誌だった。

　なるほど、花屋としての勉強か……と感心して布団に戻ろうとしたが、よく考えたら、俺につきあってだらけていた時間を、勉強に使えばよかったんだ。深夜に目が悪くなるような環境でこそこそ勉強するなと、いきなり説教する羽目になった。

しかし、何だ……その。俺は別にお前を叱りたかったわけではなく。俺に気を遣いすぎるなと、要約すればまあ、そういうことだ。（甫）

すっかりご心配をおかけしてしまいましたね。申し訳ありません。でも、決してあなたに気を遣っていたわけじゃありません。

あなたが一緒にいるときは、あなたをずっと見ていたいので、仕事をする気が起きないだけなんです。深夜に勉強すると、疲れたときに振り返ればあなたの寝顔があるので、とても癒されるんですよ。

あなたが心配して怒ってくださるのも、思いがけない喜びでした。

……が、大事な恋人を心配させて喜ぶのはいくらなんでもどうかと思うので、やはり夜はちゃんと寝ることにします。

そうですよね。布団の中であなたをひとりにするなんて、まさに言語道断ですよね。（九条）

6月21日（月）

遥君、昨日の父の日は楽しかったみたいでよかった！

大野木先生と揃って実家に帰って、家族団らんで父の日を過ごすの、久しぶりだったんだってね。きっとお父さん、嬉しかっただろうな。

僕は実家が遠いから、夜に電話だけしたよ。年に一度くらい、父親に感謝するのは当然なんだけど……お互い照れちゃって、いつもろくに会話にならないんだ。

遥君がお父さんへのプレゼントに買ってた帽子が凄くかっこよかったから、僕もああいうの、買って送ろうかな。

感謝の気持ちを、たまには形にすることも大事だよね。

6月22日（火）

胡瓜の実、どんどん大きくなってくるね！　何だか、ぐにょーんって凄く曲がってるけど、あれはあれでいいのかな。

あっ！　それと今朝、なにげなく胡瓜の葉っぱを見たら、白い斑点《はんてん》が出来てた！　これが、九条さんの言ってた、うどんこ病!?

ギャー！　せっかく実が育ってるのに、もう病気とか。どんだけ病弱なのさ、胡瓜って。お昼休み頃、九条さんに電話してみよっと。対策を聞いて、早く治してあげなくちゃだよね。

6月23日（水）

おやおや、さっそくうどんこ病が出ましたね。これはもう、胡瓜を育てる上で避けられない事態なので、心配なさらなくていいですよ。

薬剤を撒く手もあるのですが、せっかくお家で育てているんですから、無農薬で対処したいですよね。

というわけで、さっそく対処すべく、必要アイテムをご用意しました！

砂糖水！　そして米ぬか！　信じられないでしょうが、かなり有効なんだそうです。野菜の無農薬栽培に取り組む農家の方に教わりました。

まずは被害を受けた葉に砂糖水を散布し、その上から米ぬかを振りかける。うどんこ病はカビですから、微生物には微生物で対抗しようという策です。効果が出たら、二日ほどで綺麗に洗い流してくださいね〜。

6月24日（木）

米ぬかとは、意外なものを使うんだな。確かに薬剤を用いては、無駄な

殺生をすることになりかねんし、そもそも自宅で栽培する意味が薄れる。

お前の勉強熱心さには、ほとほと頭が下がるぞ、九条。

しかし、あまり遥を甘やかすな。自主性を損なう。

遥、お前も九条を頼りすぎず、自分でもろもろ勉強するように。

それにしても、二階の茶の間から入ってくる西日も、けっこう暑いな。九条に言って、ここにも何か日よけ対策を講じてもらうか。

……いや、俺はいいんだ。

俺は以前から九条に頼る権利を与えられているし、そもそもここは九条が所有する家屋であり、俺が勝手に改造するわけには……！

6月25日（金）

わお。胡瓜の葉っぱの白い斑点、消えてるみたい。すげーな、米ぬか！

砂糖と米ぬかだったら、洗い落としても土の上で養分になりそうで、いい感じ。

深谷さんも、出勤前に必ず胡瓜とゴーヤの様子、見てから出かけるよね。最近、二人で話してても、話題の半分くらいが野菜のこと。しかもけっこう盛り上がる。面白いなあ。

緑のカーテンを育て始めてから……何て言ったらいいんだろ。深谷さんと、気持ちの結びつきがもっと強くなった感じ?

子供が出来た夫婦ってこんな感じなのかなーって言ったら、深谷さん、盛大にビール噴いてた。九条さんと兄ちゃんとこも、そうなのかな〜。

6月27日（日）

暑い。あまりにも暑い。

ただ茶の間でじっとしていても暑いが、九条の家は屋根と壁から熱波が来て、クーラーなどろくに効かん……。

あまりにも腹立たしいので、茶の間に大の字になっていたら、いつの間にか寝入ってしまっていたようだ。目が覚めたとき、腹の上にタオルケットが掛けられていて、しかも枕元に正座した九条に、団扇《うちわ》で扇がれていた……。あとは蚊帳があれば、まさに戦前の子供だ……。

というより、九条の奴、また人の寝顔を見てニヨニヨしていたらしい。確かに狭い部屋の大部分を占拠した俺も悪いが……しかし、しかし……ッ。

あいつの目は、カメラよりよほど悪質だ。いや、あるいはまた携帯電話のカメラで、俺の寝顔を撮影して、待受画像にしているやもしれん。

俺としては、強く肖像権を主張したい……ッ！（甫）

いやいや。掃除をしようと思ったんですが、ふと気付くと大野木先生が見事な大の字でお昼寝してらっしゃったので……いったん出した掃除機をしまうことになりました。

で、部屋の七割を先生が占めてしまわれたので、読書でもしながら先生の寝顔を拝見しようかと思ったんですが……。

寝言で呪《のろ》いのように「暑い」を連発なさるので、せめて扇いで差し上げたら気持ちがいいかと思いまして。

撮影？　待受？　いえいえ、今日は添い寝しかしておりませんよ。ご安心ください。（九条）

6月28日（月）

今日の昼、医局で大野木先生が九条さんの作ったお弁当を食べてたんだけど……。いつもの普通のお弁当じゃなくて、今日はカレーだったんだよね。で、タッパーにご飯とカレーを別々に入れて、レンジで温めるわけ。そうすると、医局じゅうにカレーの凄くいい匂いが漂って……。

どうして、人が食べてるカレーって凄く羨ましいんだろう。

あまりのことに、今夜はカレーにしちゃったよ。

たぶん、医局の半分くらいのメンバーが、今夜はカレーにしてくれって家にメールしたんじゃないかな……。

6月29日（火）

人が食べてて羨ましいものって、カレーだけじゃないよね。

俺ね、今日、テレビで俳優がトースト食べてるの見て、すっごく食べたくなってさ！　きつね色の、噛《か》んだらさくっと香ばしくて、バターがじゅわっと出てくるアレ！

それなのに、うちには俺の焼いたコッペパンしかないわけ！　もう、ジタジタしちゃったよ。暇ができたら食パン焼こうって思ったのに、こんな日に限って店が忙しいし。コッペパン補充するのにてんてこまいで、食パンどころじゃなかった。

えっと、いきなり深谷さんに「食パン買って帰って！」ってメールしたの、そういう理由だったんだ。俺、食べたいときが食べるときだから、肉じゃがにトーストの晩ごはんでも全然平気だよ。

6月30日（水）

バタートースト美味しかった！　まんぞく！

遥君から、ファースト胡瓜を一本、お裾分けしていただきました。二本採れたうちの一本だそうですから、貴重ですよね。せっかくですから、素材の味を楽しめるように、シンプルにわかめと酢の物にしてみましたよ。やっぱり、朝採りの胡瓜ですから、歯触りがいいですね。あとで、味の感想を遥君に電話して伝えてあげてください。

そうそう、遥君から、メッセージもついてきましたよ。ええと、何でしたかね。

そうでした、「兄ちゃん、この胡瓜、俺と深谷さんの愛の結晶だからね！」だそうです。

どうなさったんですか、いきなりそんなに噎《む》せて。大丈夫ですか？

文月

7月1日（木）

今年の梅雨は、本当に梅雨らしいというか……どんよりした日が多いな。おかげで、たまに晴れると蒸し暑くて、体力を激しく削がれる有様だ。毎年、暑くなるとクーラーを思いきり効かせて過ごしていたから、あまり夏の暑さを感じることがなかったんだが……。

九条の家で寝起きするようになって、クーラーがろくに効かないせいで、夏を満喫する羽目になっている。健康にはこのほうがいいんだろうが、さすがにばててきたな……。

耐えられないようなら、夏の間は自宅に戻ることにすると言ったら、九条がこの世の終わりのような顔をした。別に、一時的に帰宅するだけで、あんな反応をされるいはれはないんだが……。

そして、こんなに良心の呵責《かしゃく》を感じる必要もないはずなんだが！

7月2日（金）

遥君、うちで育てた胡瓜、大野木先生と九条さんに喜んでもらえてよか

ったね。

っていうか、胡瓜ってあんなにすくすく育つんだ……ってびっくりした。今日収穫していいかな、でもちょっと小さいから明日まで待つかなって思ったら、次の日には大きくなりすぎてたりするもんね。

それにしても遥君、胡瓜あげるとき、大野木先生に何て言ったの？

大野木先生に、滅茶苦茶険しい顔で、「お前は我が子を簡単に他人にやってしまうような冷酷な男なのか！」って言われちゃった。そのときはポカンとしちゃって突っ込み損ねたんだけど……もしかして……我が子ってあの胡瓜のこと……？

遥君、その発想はちょっとだけ怖い……。

7月3日（土）

大野木先生が、シャイな方だということは知っていたつもりでした。そして、とても優しくて、気を遣う方だということも。
でもまさか、雨の日が続いているとき、僕が洗濯物が乾かないと嘆いているのを気にしてくださっているとは……さすがに思いませんでしたよ。
今日、いきなり家電屋が乾燥機能つきの洗濯機を配達してきたときには、何かの間違いだと言ってしまいました。思いがけない、というか贅沢すぎるサプライズプレゼントをありがとうございます。

ドラム型の洗濯機を使うのは、実は僕の壮大な夢の一つでした。とても嬉しいです。試しに洗濯している間、ずっと洗濯機の前にしゃがんで、中を覗いてしまいました。

せっかくなので乾燥機能も使ってみました。バスタオルが、驚くほどフカフカになりましたよ！　今夜は、お風呂上がりにホテル気分で柔らかいタオルを使ってくださいね。

ああ……僕がもう少し小柄なら、あのドラムの中に入ってみたいくらい有頂天です。

7月5日（月）

兄ちゃんが、記念日でも何でもないのに、九条さんに洗濯機をプレゼントしたんだってー！　九条さんに写メで自慢された！
斜めドラム式だった！　乾燥も除菌もできる奴！　いいなー、いいなー。っていうか、俺、祖母ちゃんが使ってた洗濯機をそのまま使ってるんだけどさ。今どき珍しい二層式なんだよね。最初、使い方わかんなくてボー

ゼンとしちゃった。近所のお年寄りが教えてくれたけどさ。

俺、店やってるからタオルとかふきん系の洗い物多くて、正直めんどくさい……。でも、家電屋で見たら、洗濯機って意外と高いんだね。

むむー。兄ちゃん、おねだりしたら俺にも買ってくれないかなー。

7月6日（火）

いやいやいや、遥君！　お兄さんに、そんなものおねだりしちゃ駄目だよ。いくら何でも、洗濯機を立て続けに二台買うのは大変だし。
しかし、そっか……。二層式の洗濯機、色々手順が多いから、遥君みたいにひとりでお店をやってると、大変だよね。
僕、全然気がつかなかったよ。ごめん。
あの……えっと、ボーナス出たから、よかったら洗濯機、僕がプレゼントしようか？　僕の洗濯物も一緒に回してもらえるなら、まとめて干すさ。プレゼントっていうか、二人で使うってことで。ね？

7月7日（水）

甘えるんじゃない、遥。自立した大人だというなら、洗濯機くらい自分

で買え。
俺が九条に洗濯機を買ってやったのは、俺の洗濯物も一緒に洗ってくれているからだ。理由あってのことで、別に俺が九条を……その、何だ。無《む》闇《やみ》に甘やかしているわけではないし、まして貢いでいるとか、そういうことでは断じてないんだからな！
深谷、お前もいたずらに遥を甘やかすんじゃないぞ。まあ、それがお前にとっても便利な選択だというなら、購入に異議を唱えるつもりはないが。
ああ……別に援助というわけではないが、先日来の買い物でずいぶんポイントが貯まった。買いに行くなら、俺もつきあって、ポイント分助けてやってもいい。部下のボーナスを、丸ごと俺の弟のために費やさせるわけにはいかんからな。

7月8日（木）

今年は本当に蒸し暑い日が続きますねえ……。
ずっと店舗には冷房なしで粘ってきたんですが、この暑さで花の傷みが早いので、困っています。しかし、店は外と仕切られていませんから、エアコンをつけるような無駄はしたくありませんし……ううん。

先生も茶の間のエアコンが効かなくて、毎日砂漠で行き倒れた旅人のようなポーズでお休みですし、体調を崩してしまわないかと、とても心配です。

以前より、頭のどこかにはあったことなのですが……いっそ、店舗と住宅をまるごとリフォームしてしまおうかと。そうすれば、大野木先生の書斎スペースも、ささやかに設けることができるかもしれませんしね。

ただリフォームを実行しても、寝室はあくまでも一つ、しかも極小です。寄り添って眠らざるを得ない環境だけは、死守させていただきます！

7月9日（金）

リフォーム……？

そうだな。九条のご両親が住んでおられたというだけあって、風情のある建物ではあるが……。確かに、多少手狭ではあるし、老朽化が目立つところもあるな。リフォームは、長い目で見れば有効な投資かもしれん。

しかし、俺も週のほとんどをここで寝起きしている以上、リフォーム費用をお前だけに負担させるわけにはいかん。

む……。いっそ、マンションを処分してその金で……。

待て。

マンションを処分……だと？　俺は今何を。……俺は一生、ここで暮らす気なのか……？　そうなのか……？　むむむ……。

7月10日（土）

わー、いいな、リフォーム！

いいじゃん、うんとお洒落《しゃれ》にやっちゃえば？

つか、兄ちゃん、今さらそんなことでビビってないで、さっさと九条さんちに引っ越しちゃえばいいんだよ。だって、いつ連絡しても九条さんちにいるじゃん。

　確かに兄ちゃんを取られたみたいで面白くはないけど、でも九条さんが一緒なら、悔しいけど何か安心でもあるし。

あ、そだ。いっそ、深谷さんも俺んち越してきちゃえばいいんだよ！

俺んち、二人くらいなら余裕で住めるし、どうせ深谷さんが仕事から帰って来たら、どっちかの家で一緒にいるんだしさあ。

うん。兄ちゃんが九条さんちに引っ越すなら、深谷さんが俺んちに来ても、兄ちゃんに文句は言わせないぜっ！

7月12日（月）

昨日はお散歩がてら、大野木先生と選挙投票に行きました。

「どの党に投票するんですか」ってお訊ねしたら、「それは教えられん！親しき仲にも礼儀ありだ」と叱られました。

親しき仲にも。

親しき！

親しき!!

いいお言葉です。感動しました。

おかげで、投票所についてもまだフワフワした気持ちで、候補者の名前を書き間違えてはいないかと未だに心配です。

遥君と深谷さんも、きちんと投票に行きましたか？

7月13日（火）

俺たちもちゃんと選挙投票、行ったよ！
これまでは、誰がなっても同じじゃん、とか思ってたけど、みんながそう思ってると、団体票っていうの？　一つの団体の人がうわーって寄って集って投票したら、そこの身内の人が当選しちゃうんだって。それはやっ

ぱりあんまりいいことじゃないし、ちょっと怖いから、投票にはちゃんと行こうねって深谷さんから教えてもらった。

なるほどー。ね、兄ちゃん。深谷さん、兄ちゃんが思ってるよか頭いいでしょ？　すっごく頼りになるんだよー。

同棲《どうせい》など認めん！　とか頭ごなしに言ったら、絶交するからねっ！

7月14日（水）

確かに、自分のことを思えば、お前が深谷と同居生活を送ることに反対できる立場ではない。

しかし。

しかしだな。兄としては……。

いや。遥とてもう成人し、ささやかながらも店舗経営している独立した大人だ。深谷も、やや愚鈍ではあるが、勤勉さは上司である俺が誰よりも知っている。信用に足る人物だ。

しかし……！

おい。どう思う九条。

7月15日（木）

おやおや。お兄さんならではのご心配ですね。

大丈夫です、深谷さんなら、きっと遥君をとても大切にしてくださいますよ。別に二度と会えなくなるわけでなし、大野木先生はお兄さんとして泰然と見守って差し上げればいいじゃありませんか。

ところで、僕たちのことですが。

僕のほうは、先生の終《つい》の棲家《すみか》になる覚悟はとっくにできていますので！

いつでもウエルカムです。

今度のお休み、一緒にモデルハウスを見に行きましょうか。リフォームの素敵なアイデアが見つかるかもしれませんね。

7月16日（金）

う、うわあ……。何だか僕がオタオタしている間に、すっかり話がまとまっている気が。
遥君さえよければ、そして大野木先生が許してくださるのなら、僕は、遥君と一緒に暮らして、もっと遥君をしっかりサポートできたらと思います。僕にも仕事があるけれど、たったひとりで店を切り盛りしている遥君

は、僕なんかよりずっと大変だと思うから。

何ができるかわからないけど、遥君の作業、少しでも手伝えたらと……。

ええと……よし、あとは二人で相談しよう、遥君。

また、同居の目処がついたら報告します!

7月17日（土）

連休だけど、どっか行くのも暑くて面倒だから、せめて俺たちもモデルハウス見に行こうよ! って出掛けたら……。兄ちゃんと九条さんも、同じとこ来てた。

離れたとこから偵察したら、二人できゃっきゃ楽しそうに風呂場とか見てた! 兄ちゃんが幸せなのは嬉しいんだけど、何となくジェラシー!いいもんね。俺と深谷さんだって、うきうき台所とか見ちゃったんだもんねーだ。

うちは別にリフォームの計画なんかないけど、こういうのいいねって二人で見てるだけでも、けっこう楽しかった。

こういうの、新婚気分っていうのかなー。

7月20日（火）

おや。あのモデルハウス、遥君と深谷さんもいらしてたんですね。声をかけてくだされればよかったのに。

しかしモデルハウスというのは、予想外に心躍る場所でした。魅力的なデザインや設備があって、探険を楽しむ子供のような気分になりましたよ。

当初、あまり気乗りしていらっしゃらなかった大野木先生も、かなり楽しまれたようです。

この連休、山のようにインテリアやリフォームの雑誌を買ってきて、読みふけっておられました。僕が思っているより遥かに、凝ったリフォームをお考えなのかも……。

というか、さりげなく「二人の家になるんだから、アイデアも予算も二人で平等に……」と仰るので、心臓が止まりそうになりました。

本当に、悪気なく殺し文句を口になさる方です。

7月21日（水）

「善は急げだよ！」と遥君が急かすので、連休中に必要最低限の荷物を遥君宅に運びこんで、同居生活スタート。

まだまだ片付けなきゃいけない荷物が自宅に残っているし、今の借家の契約も、八月末まであるんだけど。

とはいえ、ここは節目なので、きっちりしなくては！

すみません、なし崩しですが遥君宅でお世話になります……と、昨日、大野木先生にご挨拶したら……。「ふん」だけ言って立ち去ってしまわれたので、てっきり怒らせてしまったと思いきや。

今朝、机の上に「引越御祝　大野木」って熨斗《のし》がついた包みが！

朝から、感動して嬉しくて、泣きそうになってしまった。

しかも、中身はリハビリルームで履くシューズ。傷んできてたの、大野木先生、気付いてくださってたんだなあ……。

僕、もっと頑張らないと。まだまだ気配りが足らないや。

7月22日（木）

えへへー。深谷さん、うちに来てからずっと、朝の仕込みを手伝ってくれるんだ。これまでは早朝ウォーキングしてたのを、俺の手伝いにチェンジしてくれたみたい。全身運動になるから、そっちのがいいって。

お前のためだよって言ってもいいのに、深谷さんは優しいよなー。

俺、腕力ないから、これまでは小麦のでっかい袋とか、引きずって運んでたんだけど……。深谷さんは、「筋トレだね」って余裕で笑いながら、軽々持ち上げて持って来てくれる。

嬉しいけど、ちょっと悔しい……！

でも、これまでひとりで黙々とやってた作業、二人でやると、真剣なのは変わらないけど、何だか凄く楽しいな。

庭の胡瓜も絶好調だから、俺がパンこねてる間に、深谷さんが胡瓜取ってきて、サラダを作ってくれたり。これまでだって、けっこう長く一緒にいたけど……でもやっぱ、一つ屋根の下って、凄くいい感じ！

7月23日（金）

ふむ……。俺はいささか、リフォームというものを舐めていたかもしれん。業者の選定も勿論だが、何より大切なのは、施主の方向性がぶれないことだな。
住宅雑誌を見ていると、設計の大枠からスイッチ一つに至るまで、選択肢の多さに驚かされる。まして、九条の店舗や俺の書斎といった特殊空間のことも考慮せねばならんしな。久しぶりに、仕事以外で頭をフル回転さ

せる羽目になりそうだ。

とはいえ、それぞれのスペースはともかく、共用スペースの仕様をどうするかが問題だ。

先日のモデルハウスで、九条と俺のインテリアの趣味がかなり異なることが判明した。九条は「あなたのお好きなように」と言うが、そうはいかん。やはりここは十分に相談を重ね、互いに納得のいく、末永く使えるようなものを選ばねば……と言ったら、九条が異常に嬉しそうな顔をした。

何が琴線に触れたのやら……。

7月25日（日）

深谷さんが、「一度ふたりで同居のご挨拶をきちんとしよう」って言うから、兄ちゃんと九条さんちに遊びに行った！

九条さんちの裏庭でバーベキューしたんだけど、旨かったし、楽しかったなー！　兄ちゃんは炭火奉行だし、九条さんは焼き奉行だし。俺と深谷さん、食ってばっかだった。しめの焼きそばまで作ってもらって、お腹いっぱいだよ～。

兄ちゃんち、茶の間に家造りの本とか雑誌とか、山積みになってた。全部兄ちゃんが買ってきたんだって。すっげー研究してるんだな。

いったい、どんなリフォームするつもりなんだろ。兄ちゃんのことだから、かっこいい家にするのかな。それとも九条さんの花屋のイメージで、可愛い家にするのかな。

帰り道、深谷さんに「遥君も今の家、リフォームしたい？」って訊かれたけど、全然！　ちっちゃい頃からの思い出が詰まった大好きな家だから、あのまんまで暮らしたいって言ったら、深谷さんも「僕もあの家、大好きだよ」って。やった！

7月26日（月）

遥君ちに引っ越してから、朝が楽しくなった。
遥君がパン生地をこねている間に、僕は店の前の掃除と打ち水をして、それから重い材料を台所に運んで、余裕があったらフィリングの準備もして……。
こんなことを、遥君はこれまで全部ひとりでやってたんだね。知ってはいたけど、本当に頑張り屋さんだなあ……と実感。僕に出来ることが他にあるなら、何でも言ってほしい。

あ、ただね、遥君。

「あー、深谷さんが仕事を辞めて、俺とパン屋やってくれたらいいのに」

って真顔で言うのは勘弁して……！

7月27日（火）

何ッ。遥は、そんな不埒なことを言っているのか、深谷！

いかん。いかんぞ。遥の夢に引きずられて、おのれの大志を見失ってはならん。

共同生活というものは、互いに高め合ってこそ価値があるのだ。どちらかがどちらかを利用するような関係は、続かんぞ。

遥の奴め。しっかりしてきたと思ったが、まだまだ弟気質が抜けていないとみえる。うむ。これはいちど兄として、遥の家に赴き、人の道を説かねばならんな……。

7月28日（水）

もー。深谷さんが余計なことばらしちゃうから、兄ちゃんに怒られたー！

久しぶりに、正座で長々お説教攻撃を喰《く》らって、足ジンジンだよ～。

今んとこは冗談なのにぃ。

俺だって、深谷さんが立派な理学療法士になったら素敵だなって思う。

でもさあ。毎朝、店の準備を二人でするのが楽しすぎて、深谷さんがお仕事行かずに、ずーっとこのまま一緒に店をやれたらいいのになって思っちゃっただけ。

無理強いは絶対しないけど、夢見るのは俺の勝手でしょ？

ふふ。だけどさ。兄ちゃんがあんな血相変えて飛んできて、深谷は俺の部下だぞーって怒るとこ見ると、深谷さん、前途有望なんだね。

それはそれで嬉しいかも。えへへへ。

7月29日（木）

おやおや。昨日はお帰りが遅いと思ったら、遥君宅へ出張お説教でしたか。難しいお顔でお帰りの理由が、ようやくわかりました。
遥君は大事な弟、深谷さんは大事な部下、さぞ複雑でしょうね。ご心痛はお察ししますが、遥君の気持ちも僕にはよくわかります。
僕とて、花屋の仕事をあなたに手伝ってほしいなどとは思いませんが、あなたとずっと一緒に過ごせたら……という気持ちはありますよ。

花屋で働いているとき、お仕事中のあなたの姿を想像すると、妙に切なくなったりします。

ですが一方で、あなたが仕事からお戻りになったとき、「今帰った！」と言ってくださることにささやかな喜びを感じたりもするので、こちらもなかなか複雑ですねえ。

7月30日（金）

遥君だけでなく、僕も大野木先生にお叱りを受けた。

遥君を手伝うのはいいけれど、甘やかすことと支えることを混同してはいけない、それは遥のためにもお前のためにもならないって。

深い言葉だなあ。

でも、ちょっと前の大野木先生なら、そう言い捨てて話を切り上げるはずなのに、今日は違った。「だが、たまには遥を甘やかしてやってくれ。あれは強がっていても、脆《もろ》いところがあるから」って。

そう付け加えて、そそくさと部屋を出ていかれたよ。

お兄さんっていいもんだね。遥君が凄く羨ましくなったよ。

7月31日（土）

ん？　お兄さんが羨ましいって……。

俺と一緒に暮らしてるんだから、俺と深谷さんは夫婦同然だしさあ。ってことは、兄ちゃんは深谷さんの兄ちゃんでもあるってことだよ！

なんか兄ちゃん、深谷さんのこと凄く気に入ってるっぽいから、深谷さんの兄ちゃんにもなってくれると思うなあ。今度、甘えてみたら？

っていうか、もう明日から八月だよ深谷さん！

俺たち、夏っぽいこと何もしてない！　あ、九条さんちでバーベキューはしたか。だけど、海とかプールとか！　水！　冷たい水につかりたい！

葉月

8月2日（月）

遥め……調子のいいことを。何だって、俺が深谷を義弟として甘やかさねばならんのだ。だいたい、すでに深谷は俺の部下だぞ。十分過ぎるほど、目をかけているつもりだが。

というか、遥と同居して、何か問題が起こったら必ず相談しろよ、深谷。遥を手伝ってくれることは兄として感謝するが、それでお前の本来の仕事に支障が出るようでは本末転倒だからな。

あと、遥。

そんなに夏らしいことがしたいなら、市民プールへでも行けばどうだ。お前の家からは近いだろう。

8月3日（火）

プールには行きたいけど、市民プールは滅茶苦茶混んでるんだよっ。何かもう、イモの子とかそういうレベル。いっぺん深谷さんと出掛けて、二人して倒れそうになって帰って来ちゃった。あれなら、風呂に水張って浸

かってるほうがマシかも……。
　ねー、兄ちゃん。九条さんも一緒に、四人でどっか行こうよ〜！
　どっかっていうのは、山か海の二択！

8月4日（水）

　海か山、ですか。どちらも素敵ですが、今年はとにかく暑い夏ですから、一泊か二泊くらいで海水浴というのは如何でしょう。近場ですが、友人がやっている民宿があります。安くて魚が美味しいと評判ですよ。
　大野木先生や遥君は、民宿に泊まったことがないかもしれませんね。ホテルや旅館と違って至れり尽くせりというわけにはいきませんが、気楽でなかなかいいものです。頼めば、今からでも融通してくれるかもしれません。訊いてみましょうか。
　いえ、別に大野木先生の水着姿が見たいとか、そんな不埒な魂胆ではありませんよ。ええ、決して。
　勿論、目の前で大野木先生が水着をお召しになっていたら、力の限り堪能させて頂く所存ではありますが！

8月5日（木）

わー、やった！　海！　民宿！　すいか割りとか、花火とか、バーベキューとか、ビーチバレーとかできるっ!?　釣りもしてみたいなあ。
俺、民宿って初めて。兄ちゃんもだよね？
わー、すっげー楽しみになってきた。ね、行こうよ、兄ちゃん！　深谷さんと俺は行く気満々だよっ。っていうか、主に俺が。
海なんて、夏デートの王道だよねー。ふふふ、楽しみ。コンビニで花火セットとか見るたびに、今からワクワクしちゃうな～。

8月6日（金）

海……か。まあ、行くのは構わんが。

俺と深谷が同時期に夏休みをとるとなると、それなりにスケジュールの調整が必要だ。いつ行けるかは、週明けまで待て。

ちなみに、俺は民宿に泊まったことがあるぞ。馬鹿にするなよ、九条。

高校時代、部活の合宿はきまって民宿だったんだ。

清潔とは言い難い大部屋で雑魚寝だったり、鍋でぞんざいにカレーが供されたり、従業員が馴《な》れ馴れしく偉そうだったり……とあまりいい思い出はないが、九条の友人なら、もっとまともな宿を経営しているんだろう。

それから、九条。妙なものを期待しているようだが、俺は日焼けせず火傷になるたちだから、水着の上には常にTシャツを着用する主義だ。残念だったな。

8月8日（日）

あわわわわ……。す、すみません大野木先生！　夏休みの調整、先生にお任せするかたちになってしまって……！

でも、海は久しぶりなんで、僕も凄く楽しみです。四人で一緒に旅行って、家族旅行っぽい感じがして。遥君と兄弟の会話をしているのを傍で聞いているのが、凄くあったかい雰囲気で、僕は好きなんです。

僕は九条さんほど気が利かないですけど、でも力仕事は任せてくださいね！　たとえば……ええと、すいかをビーチに運ぶとか、パラソルを立てるとか、遊び疲れて寝ちゃった遥君を背負って帰るとか……。

8月9日（月）

友人から返事がきました。民宿、来週以降なら、広い部屋を空けてくれるそうです。大野木先生と深谷さんが揃ってお休みできる日があれば、そこに僕たちの夏休みを設定しましょうか。
いよいよ、海水浴計画が現実味を帯びてきましたね。楽しみです。
しかし……大野木先生が暑さでのびてらっしゃるので、僕はむしろ、この家のリフォームのことを最優先で考えるべきかもしれません。
いえ、どれだけ急いで考えても、この夏はもう諦めていただくしかないんですが……せめて来年は涼しく……！

8月10日（火）

わーい！　ねえ兄ちゃん、深谷さん、来週休める？　休める？　一日じゃダメだよ、二日休めないと！
今日は俺の誕生日だけど、今年のプレゼントは海水浴旅行でいいや。
ふふふ。何だか楽しみ過ぎて、今日、店が暇なとき、もう休業日のお知らせポスター作っちゃった！
「8月　日～　日、勝手ながらお休みさせていただきます。海へ行って、泳いで、スイカ割りして、花火もする予定です！　遥屋」って。

あとは日付を入れたらいいだけ。完璧！　でも帰って来た深谷さんに見せたら、「詳しい活動予定はここに書かなくていいんじゃないかなあ」って不思議そうな顔された。けどそう言いつつ深谷さん、水性色鉛筆出してきて、余白にスイカと麦わら帽子のイラスト描いてくれた！

すげー可愛い！　へえ、深谷さん、絵心あったんだ……。

ポスター、貼り出すの楽しみになってきた。へへー。

8月11日（水）

いやいやいや！　絵心とか、そんなたいしたものじゃないから！　遥君の見せてくれたポスター、太いマジックで手書きだったから、絵があったらもっと可愛くなるかなって思ったんだよ。遥君の書く字がそもそも、丸っこくて可愛いからね。
僕の絵が子供っぽいから、何だか出来上がりが……こう、小学生の夏休みの絵日記みたいになっちゃったけど、でも、喜んでもらえてよかった。
僕たちの休みは、大野木先生が調整してくださってるよ。
もう少し待っててね、遥君。

8月12日（木）

あまり浮かれるんじゃない、遥。遊びとはいえ、海水浴は命にかかわる事故に繋がる行為なんだからな。今からはしゃいでいては、思わぬトラブルに見舞われて慌てる羽目になるぞ。落ち着いて、まずは体調を整え、万全の準備を心がけて荷造りをしておくように。

たぶん、来週になればまる三日、俺と深谷の二人共が休暇を取れるはずだ。そのために、今週、家庭持ちの連中に先に優先的に休みを取らせた。旅行は一泊二日でも、休暇は三日必要だ。帰った翌日に早速仕事を再開するような無駄な体力は俺にはない。

深谷も、一日くらいは家でのんびり過ごせ。

8月13日（金）

もー。兄ちゃんは隙あらばお説教だなー。

きっといざ出発するときになったら、「家に帰るまでが海水浴だ」とか言い出すんだ、きっと。弟だけに、俺にはわかる！

あ、ねえねえ。向こうで使うもの、手分けして用意しようよ。花火は俺が買いに行く！　面白そうな奴、いっぱい買ってくるよ。

あと……パラソルとか、浮き輪とか、クーラーボックスとか……色々要りそう。物置に、祖母ちゃんのだと思うけど、クーラーボックスがあった。まだ使えそう。

九条さんと兄ちゃんとこには、何かある？

8月14日（土）

うーん、そうですねえ。作業用でよろしければ、ビニールシートがあります。あと、パラソルはたぶん現地で借りられますよ。スイカは、僕が調達しましょう。僕の軽トラでは四人乗れないので、レンタカーの手配もしなくては、ですね。

計画が着々と、かつ急速に現実的になりつつあって、僕もだんだんワクワクしてきました。

浮き輪は、さっき可愛いフロートを大野木先生が買ってこられました。先生も、楽しみにしていらっしゃるようです。

楽しい旅になるといいですね！

それにしても……早く旅行に行かないと、大野木先生が溶けてしまいそうです。さっき、「もう暑さに耐えられん。今日は俺のマンションに外泊するぞ！」と口走って、「外泊」という言葉に素晴らしく動揺してらっしゃいました。とても可愛らしいのですが……やはり心配です。

8月16日（月）

遥君、大野木先生と僕、揃って今週の水木金と夏休みを取ることに決まったよ！　水曜木曜で旅行に行って、金曜日は休息。土曜日の仕事は午前中だけだから、疲れを取るのにいちばんいいだろうって、大野木先生が考えてくださったんだ。

今日と明日で準備をしないとね。

仕事が終わったら電話するから、一緒に買い物に行こうか。

ついでに夕飯も外でさくっと食べて、帰って荷造りしないとね。

「前夜に荷造りをするなど愚の骨頂！」って今日も大野木先生、仁王立ちで腕組みして仰ってたから。

8月17日（火）

明日は海っ！　明日の今頃は海の中っ！　いや波の上かも？　砂浜かも！　あーもうテンション上がる。

荷物も詰めたし、あとは寝るだけだけど、興奮しちゃって寝られないよ。思わずさっき兄ちゃんに電話してみたら、兄ちゃんも何だかちょっとだけ声が浮かれてた。「こういうレジャーのときにふさわしい服装とはどんなものだ？　アロハシャツか？」って訊かれたよ……。

兄ちゃん、アロハシャツなんて持ってるのかな……？

店に来るお客さんにさ、明日から海行くんだ！って自慢したら、いっぺん家に帰ってから、色々持って来てくれたよ。でっかいビーチボールとか、あと、スイカ割りに使え！って木刀とか。

ありがたく借りたけど……スイカ割りって、木刀でやるもんだっけ？

あー、とにかく楽しみ。ようやく俺の夏が来たー！

8月18日（水）

いやはや、大変な一日でしたね。昨日のうちにワゴン車を借りておいて、夜明け前に荷物を積み込んで出発して……。普段なら朝食を摂るくらいの時刻にはもう、誰もいない砂浜にパラソルを立てていましたからね。

さすがお盆明けの平日、道路もビーチも空いていて、快適でした。お天気もよかったし、泳いだり、食べたり、スイカ割りをしたり、とにかく楽しかったです。

友人の民宿も、皆さんに気に入っていただけてよかった。刺身の舟盛り、凄かったですね……。あの舟、遥君くらいなら乗れそうでした。

そして食後、みんなで花火をして、今、遥君と深谷さんはアイスキャンデーを召し上がっています。

僕は、うっかり日焼けしてしまった可哀想な大野木先生の背中をアイシング中です。皆さんご一緒なのに、こうも無防備に綺麗な背中を曝《さら》されては、まるで軽い拷問のようです……。

切実に触りたい……！

8月19日（木）

昨日は、日焼け止めを塗り、Tシャツを着用していたにもかかわらず日焼けしてしまい、あちこちヒリヒリして閉口した。夜、九条が執拗《しつよう》に冷やしてくれたおかげで、今朝にはもう落ち着いていたが。

そして今日は、深谷が泳いでいる最中にクラゲに刺された。幸い、あまり強い毒ではなかったらしい。脚や脇腹に短いみみず腫《ば》れが出来ただけで済んだ。念のため、救急箱を持参してよかった。いくら俺が医者でも、手ぶらではやれることが限られてしまうからな。

それにしても、帰りに立ち寄って夕飯を食べたパーキングエリアは、食べ物がやけに充実していて驚かされたな。最近では、どこのパーキングエリアでもあんな感じなのか？　遥が興味を示したからついでに買ったメロンパンが、旨くて驚いたところだ。

……いや……その。

夕飯が早すぎて、九条と二人してどうにも腹が減ったんだ。さっきつい、どちらからともなくメロンパンに手を伸ばしてしまった。

そして食ったばかりなのに、今、猛烈に眠い。参ったな……。

8月20日（金）

深谷さんが今日まで休みだから、俺もつき合って今日まで夏休み！
近所の人に色んなもん借りたから、返すときのお礼に何か作ろうと思ってさ。ホントはケーキとか焼きたいけど型を持ってないから、ドーナツ揚げることにした。真ん中んとこ、俺たちのおやつにしようねっ！
それにしても、クラゲに刺されるなんて、深谷さんも運が悪いなあ。手当してる兄ちゃんの姿を見て、兄ちゃんやっぱり医者なんだって思ったよ。

ちょっとかっこよかったかも！（遥）

一泊二日だけど、楽しい旅行だったね！

ずっと四人一緒でわいわいやってて、旅行中に遥君が言ってたみたいに、本当に四人兄弟みたいだった。

あ、でもその場合、遥君が末っ子で僕が三番目として……九条さんと大野木先生の、どっちが長男なんだろう……？　年齢的には大野木先生が長男だけど、九条さんは……むしろお母さん……？

……ええと、そこは考えないほうがいいみたい、だね。

クラゲに刺されたところは、大野木先生の手当のおかげでもう痛くないよ。僕が手当してもらってる間、そばで見てる遥君が、大野木先生を尊敬の眼差しで見てるのに気がついて、僕も何だか嬉しかったなあ……。病院で仕事中の大野木先生は、あのときの何十倍もかっこいいんだよ！（知彦）

8月21日（土）

一日休めば疲れは取れると思っていたが、そうはいかないものだ。今日も、どことなく身体が重い。柄にもなく日に当たりすぎて、消耗したのか

もしれないな。

それにしても、お前の友達の民宿では、料金に見合わんもてなしをしてもらった。あんなに豪華な夕食は、人生初だったぞ。

ここはひとつ、四人連名でお礼の品を送るべきだろうな。何がいいか、あとで相談に乗ってくれ。

それはさておき、九条。帰ってきたら……やはり……暑い……。

来年の夏は涼しく過ごすべく、リフォーム計画を進めるぞ……！（甫）

今日は、午前勤とはいえ大変でしたね。

まだお疲れのようですから、この週末は家でゆっくり過ごしましょう。

たった一泊二日でも、僕にとってはとても楽しい旅でしたよ。スイカ割りも、早朝の船釣りも、初めての経験でした。遥君が割り損じたスイカを、あなたが木刀で一刀両断にしたときは、何故動画を撮っておかなかったのかと、悔やんでも悔やみきれないほど凛々しかったです。

ああ、旅の思い出を語り出すと、きりがありませんね。

そうそう、デジカメのデータを、この週末に編集してしまわなくては。

そういえば、日焼けの酷かった背中はもう大丈夫ですか？　ご自分では

見にくいでしょうから、僕が確かめてさしあげます。いえいえ、ご遠慮なく。さあ、シャツを脱いでください。（九条）

8月23日（月）

ががーん。油断してた！　俺今日、パン屋、臨時休業しなきゃ……。いや、具合悪いとかじゃなくてさ。先週、海で日焼け止め使うのさぼったら、今頃になって全身ぺりぺり剝けてきた！　手足も顔も超脱皮中だし、こんな状態でパン生地こねたら、絶対俺の皮配合になっちゃう。うううー。気合いも新たに頑張るぞって思ってたのにぃ。とりあえず今日、店を休んで脱皮するッ！

8月24日（火）

あーあー。だから、日焼け止め塗ってあげるよって言ったのに。まあでも、あらかたの脱皮が一日で終わってよかったね、遥君……。大野木先生は赤くなるだけの日焼けなのに、弟の遥くんはきっちり黒くなって皮が剝けるんだなあ。ＤＮＡの不思議を感じるよ。僕も、日焼け止めを塗り損ねてたうなじだけ日焼けしちゃってるらしくて、少し痒い。でも、そのおかげで旅行中のあれこれが頭を過ぎって、気持ちがほっこりしたりする。

　花火のシメに、線香花火の火の玉を誰がいちばん長持ちさせるか勝負しただろ？　あのときの遥君、コッペパンを焼いてるときと同じくらい真剣な顔をしてたね。その横で、大野木先生も学会で口演発表するときくらい厳しい顔をしてて、やっぱり兄弟だなあ……って感心したこと、思い出したりしたよ。

8月25日（水）

　あまりにも暑いので、昨夜は大野木先生のマンションに二人でお泊まりだったのですが……。近代的な住宅では、あんなにエアコンという文明の利器が効力を発揮するものなのですね！　驚きました。

　しかしもっと驚いたことが。

　大野木先生は寝室で、僕はリビングのソファーで休ませていただいたのですが、深夜、大野木先生に叩《たた》き起こされました。ベッドで広々と寝ているとどうにも落ち着かないのだそうで、結局僕も、セミダブルのベッドにご一緒させていただくことに……。

エアコンの効いた部屋で、大野木先生の温もりを感じつつ眠るという快楽を知ってしまいました。

これは、是非にも来年の夏までにリフォームを完了せねばなりません。

そして、時々は我が家でも同じようにして眠りたいものです。

地球には優しくないかもしれませんが、たまの贅沢なので許していただきましょう。

8月26日（木）

く、く、九条……！　お前はブログでペラペラと余計なことを……ッ。あれは、俺のマンションのエアコンが涼しすぎて、それで多少肌寒くてだな……それで……その……。
もういい。
とにかくだ。
久々に戻った自宅マンションで、何故俺があんなに落ち着かない気分にならねばならんのか、それがそもそもの疑問だ！　まるで、初めて泊まるホテルの部屋にいるような気分だった……。自分で自分がわからん。

8月27日（金）

俺、パン生地の面倒みなくっちゃだから、朝は早いんだ。だからたいてい、俺が起きるときは深谷さんまだ寝てるんだけど……。今朝は珍しく、深谷さんの寝言で目が覚めた。

うなされてるし、顔も苦しそうだし、起こしてあげたほうがいいかなどうかなって迷ってたら、いきなり凄くハッキリと……。「遥君、やっぱり無理だよ！　コッペパンにトロロは合わないよ！」って。俺の夢見るのはいいけど、内容に問題ありすぎる……！

何で俺が、大事なコッペパンにトロロ挟まなきゃいけないんだよ。っていうかそもそも、挟まるの、そんなもの!?

勿論叩き起こした。この拳《こぶし》に愛をこめて！

8月28日（土）

午前の勤務を終えて戻ったら、二階の茶の間で九条がうたた寝をしていた。いつも、たいてい九条のほうが起きるのが早いから、寝顔をしげしげと見るのは初めてだった。

意外と無防備な顔で寝る……とか、妙にまつげが長い……とか、枕元に座ってあれこれ観察していたら、突然、膝に手を置かれた。動いたら起こしてしまうかと思って、九条が目を覚ますまで二時間、そのままで待機する羽目になった。おかげですっかり足が痺《しび》れてしまい、夜になってもまだ、ふくらはぎが張っている感じがする。

さっきそう文句を言ったら、九条は妙に嬉しそうな顔をして、「ではせめてものお詫《わ》びに、寝る前に念入りに足をマッサージして差し上げましょうね」と言っていた。

どうも、下心があるような気がするんだが……。

マッサージは膝から下だけでいいと言い渡しておくか。

いや待てよ。

そんなことを言ったら、この前のように、足の指を舐……いや！

いやいやいやいや！　思い出すな、俺……！

8月30日（月）

朝起きた瞬間から、蒸し暑さが押し寄せてくるみたいな感じ、いつまで続くんだろうなあ。

毎朝、目が覚めてふと横を見ると、遥君が大の字になって、Tシャツ短パンでお腹丸出しで寝ているのも、何だかすっかり風物詩的な光景に……。お腹を壊さないかと心配だけど、まあ遥君は元気だから、大丈夫だよね。ただ……。僕、どうも肩やら胸やら足やらに、身に覚えのない青あざが多発してるんだけど……もしかして、寝てるあいだに遥君の手足で……いや、何でもない……。

8月31日（火）

えー？　俺？　俺、別に打ち身とかないけど？　もしかして深谷さん、俺以上に寝相が悪くて、夜じゅう部屋の中を転げ回ってるとかじゃね？　あちこちぶつけて青あざ、とか。うん、きっとそう！

それより、明日からもう九月だよー。あんまり暑くてしばらくお休みさせてもらってた揚げパン、そろそろ復活させなきゃかな。

だけど、この暑さで朝から揚げ物とか……。ダメだ。想像しただけで、ちょっと胸焼けしてきた。もうちょっとだけ、やめとこっと。

長月

9月1日（水）

まだまだ暑い夜が続くので、ここのところ仕事が終わって夕飯を済ませてから、毎晩大野木先生のマンションへ行き、眠っています。

よく効くエアコンというのは、しみじみとありがたいものですね。それより何より嬉しいのは、先生が、ご自宅に帰るのに「行く」と仰るだけでなく、朝、僕の家に「帰ろう」とさりげなく言ってくださることです。

でももっと欲ばるならば、僕のいるところならどこでも自宅、と思って頂けたら、それが究極の喜びですね！

9月2日（木）

ふと考えてみると、俺は仕事が終わって九条宅へ行けば、それから後は何もしないが……。九条は、同じく仕事を持つ身でありながら、夕飯を作り、片付けをし、俺のマンションまで車を運転し、風呂の支度をし、朝はベッドメイキングまでしている……な……。

これはいくら何でも依存が過ぎる。

遥の兄として、いや、人として、いつの間にか堕落していた！

ううむ。せめて何か作業を引き受けようと思ったのだが……。九条の手際がよすぎて、どれ一つとして、交代する余地がなかった。

むむむ……どうすればいいんだ。

9月3日（金）

大野木先生、昨夜はやけに僕の周りをぐるぐる回っていらっしゃると思ったら、そういうことでしたか。

気になさらなくていいんですよ。すべて、あなたに心地よく過ごしていただきたくて、僕が楽しんでやっていることなんですから。

もし、ご自分が何もしていないことが堕落と感じられるなら、ご褒美に僕を甘やかしてくださるというのは如何でしょう。

そうですね。具体的には、膝枕で労ってくださるとか。

洗い物をしているときに、背後から抱き締めてくださるとか。

ああ……その光景を想像しただけで、疲労が取れてきました。

エアー慰労だけで僕を癒してしまわれるなんて、先生は本当に凄い方だ！

9月4日（土）

兄ちゃんとこはいつもラブラブだなあ……。何か、ヤキモチ焼くのもばかばかしくなってきたかも、俺。

あ、でも！　膝枕は俺もしてもらうし、やってあげるんだもんねーだ。暑苦しいから、膝の上に氷枕置いて、そんで頭置いてもらうんだ。そしたら二人ともヒンヤリ涼しいでしょ。ナイスアイデア！

それにしても、こないだの海水浴の写真見てたら、やっぱ四人で出掛けるの、楽しいね。また泊まりでどっか行こうよ。

今から行き先、リサーチしとこっと。どこがいいかな～♪

9月6日（月）

深谷、お前、遥と膝枕のやりあいっこなどという軟派なことをしているのか。いや、別にとがめているわけではないが……そうか。お前もするのか。やはりつきあっている同士にとっては、そういう些細《ささい》なスキンシップが重要なものなのだろうか。

そんなことを考えていたら、不意に九条に「どうしたんですか」と肩に触れられた。別にどうということでもないのに、心拍数が跳ね上がった。

なるほど。こういう不意打ちの接触による不可解なスリルとサスペンスが求められているわけだな！　わかった気がする。

しかし……問題は、九条は何故か俺の気配に滅法さといので、なかなか不意を突けないことだ。

9月7日（火）

兄ちゃん、いったい何やってんの……。

っていうか、スリルとサスペンスって何!?

俺と深谷さんの間には、そんなもの……あ、あった。最近さ、膝カックンが流行ってるんだよね、うちでは。お互い、油断してるとこを狙《ねら》って膝カックンするんだけど、でもちゃんとルールがあるんだよ。刃物持ってるときと、大事な作業してるときは禁止！　けっこう盛り上がるから、兄ちゃんとこもやってみれば？

あ、でも九条さんは、ロマンチックに膝枕のほうがいいのかな～。

いいじゃん、やってあげなよ。膝なんて減るもんじゃなし！

9月8日（水）

遥君、力強い援護射撃をありがとうございます。

膝カックンも膝枕も、たいへん魅力的なご提案です。

しかしやはり僕としては、膝枕がいいですねえ。しかも氷枕抜きで。大野木先生の膝枕でうたた寝するというのが、僕の壮大な夢の一つです……と申し上げたら、先生に叱られました。

「容易に叶《かな》えられるようなことを『壮大』などと言うな！」とのお言葉でしたので……。容易に叶えていただきました、膝枕。

また叱られるかもしれませんが、やはりこれは「壮大な棚ボタ」だったと言わざるを得ません。

この上なく幸せでした！

9月9日（木）

九月に入っても暑いおかげで、長々と頑張っていてくれた胡瓜が、ついに力尽きてしまった。根元に近い太い茎が、驚くほど潔くぱっくりと割れてしまい、たちまち葉っぱがシオシオに……。

遥君と感謝を込めて合掌してから、根を引っこ抜いて地上部分をネットからバリバリ剝がし、これで今年の胡瓜は終了、と思いきや。

九条さんからの情報で、秋なりの胡瓜があるとか！

遥君は張りきって、もっぺん胡瓜を植える！って盛り上がり中。

ガーデニング熱は、まだまだ冷めそうにないなあ……。

でも、二人で野菜を育てて食べるのはとても楽しいことだと、この夏学んだね。これからも、少しずつ勉強して手を広げていけたらいいな。

9月10日（金）

昨夜は「お返し」だと言って、半ば強引に九条に膝枕をされた。

男の膝など、やたらゴツゴツしていて大して心地よくはないのだが、九条が懇願するのでしばらく我慢してみた。

ところがだ！

九条の奴、俺の髪など撫でながら「寝てしまってもいいんですよ」と言っておきながら、珍しく静かだと思ったら、自分が先に船を漕いでいた。

またしても逃げどきを見失って、結局俺まで深夜までそのまま寝てしまった。おかげで、今日は首と肩が凝ってたまらん。

まったく、あいつの我《わ》儘《まま》を聞き入れると、ろくなことにならんな……！

9月12日（日）

枯れちゃった胡瓜を植えてたプランターに、土壌改良材っていうのを足して、よく混ぜて、それから新しい胡瓜の苗を植えてみた！　今年は残暑が厳しいから、よく育ちそう。

今回は、九条さんに電話で教えてもらっただけで、買い物から全部、深谷さんと二人だけでやったよ！　ホームセンターには、他にも秋になる茄子《なす》とトマトの苗もあった。大根や、キャベツの種とかも。魅力的だったけど、深谷さんは「あまり欲張らないで、今年は胡瓜に集中しよう！」って、求道者みたいな顔で言ってた。

まあいいや、じゃあ来年はトマトも作ろう！　あと、ゴーヤが何だか不作だったから、ゴーヤも再チャレンジだね。

それにしても、九条さんと電話してる後ろで、どっか出掛けるらしき兄ちゃんが、「九条、ハンカチはどこだ」とか、「九条、靴下に穴が空いている」とか、やたらうるさかった。

兄ちゃん……さては、意外と甘えッ子さんだな！

9月13日（月）

秋なりの胡瓜、やっぱり残された夏が短いってわかってるのかな。凄いスピードで成長してるし、もう花が咲いた。寒くなるまでに急がなきゃと思っているようで、ちょっといじらしい。
なんてことを考えていたら、遥君が横で、「夏の胡瓜は、まだまだ暑いから大丈夫って思って、成長さぼってたんだな！」ってぷりぷり怒ってた。同じものを見ても、こんなに考え方が違うんだなあ。何だかおかしくなっちゃったよ。
遥君と大野木先生は、最初全然似てない兄弟だと思ったけど、こう、これと決めたことには全力で努力するところと、人並み外れて生真面目なところはホントにそっくりだね。
……でも、胡瓜にはもう少し広い心を持ってあげて……！

9月14日（火）

夜の風は、少しずつ涼しくなってきたな。
そういえば、今年の中秋の名月は九月二十二日らしい。てっきり、今日明日あたりだと思っていたから拍子抜けしてしまった。

とはいえ、月見だからといって何か特別なことなどしたことはない。仕事帰りに月を見るくらいのことだった。

しかし……やはり花屋だけあって、九条は何かするのかもしれんな。ススキを飾るとか。あとは何だ。団子を食う……？　それだけか？

ああいや、月見なんだから月を見ればいいのか。そうだな。

9月15日（水）

そっか、お月見、二十二日か！　ちょうど来週の今日だね。
うーん、その日だけ、コッペパンまん丸に成形して焼いてみようかな。お月見パン！　みたいな感じで。そうすると、やっぱ中に挟むのはカスタードクリームだよね。お月様色だもんね、カスタード。
ふふ、想像したらちょっと可愛いな。うん、やろう！　えっと……。その日だけ、深谷さん、カスタード……作ってくれたりする？　するっ？

9月16日（木）

おや、皆さんお月見の相談ですか。二十二日は平日ですが、よろしかったら夜、皆さんうちにいらっしゃいませんか？

ススキを仕入れる予定ですし、ちょっとしたお月見ディナーを作ろうと思っているので。狭い家ですが、丸い卓袱台《ちゃぶだい》を囲んで楽しく食事をして、丸い月を見るという趣向です。是非、ご検討ください。
お団子は勿論お供えしますが、四人揃うなら、丸いケーキをデザートにするのもいいですねえ。

9月17日（金）

うわ、嬉しいお誘いをありがとうございます！　遥君も僕も、喜んでお邪魔します。大野木先生も、勿論ご参加なんですよね？
遥君が、何を手土産にしようかと今から張り切ってます。丸くて黄色いものを探すんだそうです。丸くて黄色いもの……いったい何だろう。
僕にも教えてくれないそうなので、僕は僕で何か見繕っていきます。何か、これが必要というものがあったらお知らせくださいね！

9月18日（土）

ふむ。四人で月見の宴か。それもまあ、悪くないな。翌日が仕事だから、深酒をしないよう、適度な時刻に切り上げなくてはならんが。

とはいえ、その場合、俺は何をすればいいんだ？　料理の手伝いは不要だろうし、ススキを生けるのも九条のほうが当然上手い。掃除……は必要ないくらい片付いているし……。いったいその他に何をすれば……ううむ。

まあ、酒類は俺が買ってくるとして、あとは……。

この際、月がきれいに見えるよう、またてるてる坊主を作成するか。

九条に何か手伝うことはあるかと訊ねてみたら、しばらく考えて、「そうですね。満月につきものの兎《うさぎ》に、あなたがなってくだされば」とわけのわからないことを言っていた。

耳か尾でもつけろと言うのか。不気味な。

9月21日（火）

明日はいよいよお月見ですね。少し曇りがちなようで、お天気が心配ですが……でも、四人で集まって飲み食いするだけでも十分に楽しい集いになるよう、出来る限り頑張る所存です。

ススキは秋の花と合わせてもう生けてありますし、お団子も明日、仕事の合間に蒸し上げるつもりです。

ずいぶん涼しくなりましたから、秋らしい料理も雰囲気たっぷりに召し上がっていただけそうで、とても楽しみです。

　大野木先生は、明日のことが気になって落ち着かないご様子で、「明日の夕食には何を作るんだ」とか、「団子まで手作りできるのか！」とか、「張り切るのはいいが、仕事に支障が出ない程度に」とか、しょっちゅう二階から台所に降りていらして、色々と声を掛けてくださいます。

　興味があるならずっといてくださってもいいのに、台所は僕の城なので、邪魔をしてはいけないと思っていらっしゃる模様。

　ああ……本当に先生は可愛い方ですねえ。

9月22日（水）

　よし、今日の営業終わり！　片付けたら、差入れ持って、九条さんちに出発だ！　深谷さんと兄ちゃんは、仕事帰りに直接寄るらしい。病院の真ん前だもんね。
　俺の差入れは、でっかいカボチャあんぱんだよ。まあるく焼いて、満月っぽくしてみた。デザートにはちょっと重いかもだけど、あっちで切って、みんなで明日の朝ご飯用に分ければいいよね。
　深谷さんがカスタード作ってくれたから、五十個限定でまんまるクリームコッペを作ってみたら、午前中で売り切れちゃった。みんなが今夜、あれを食べながらお月見するのかなーって思ったら、何だか凄く嬉しくなってきた！

9月23日（木）

昨夜は、たいへんお世話になりました！　綺麗な花と、素敵なご馳走でした。秋にも七草があるのを初めて知りましたし、里芋の竜田揚げと栗《くり》ご飯は絶品でした。手作りの月見団子も、一つ一つ可愛い兎の形になっていて、食べるのが勿体なかったです。

遥君は、可哀想で食べられないと言って、ずっと店の片隅に飾っています。乾いてひび割れてしまわないといいんですが……。

肝心の月に雲がかかってしまっていたのは残念でしたが、食卓に丸い食べ物がたくさんありましたから、月のことを忘れがちでした。

それに途中で、昨日が九条さんのお誕生日だとわかって、パーティの主旨が瞬時に変わってしまいましたしね。

世間では今日は休日ですが、僕と大野木先生はシフトの関係で出勤中です。でも、やっぱり休みで少し気が緩むんでしょうか。さっき、大野木先生が大きな欠伸《あくび》をしていらっしゃいました。楽しすぎて、つい遅くまでお邪魔してしまったので……僕も正直、眠くて仕方ありません。

遥君も、今頃家で大の字になっているのかな……。

9月24日（金）

これが加齢というものなんだろうか……。一昨日の疲れが、なかなか取れん。仕事から帰って茶の間に寝ころんでいたら、いつの間にか寝入ってしまっていたらしい。ハッと目が覚めたら毛布が掛けられていて、横で九条が俺を見てにやつきながら針仕事をしていた。すぐ近くにある卓袱台と部屋のクラシックな内装も相まって、昭和の子供になったような錯覚に陥った……。

世間ではシルバーウイークとかいう奴らしいが、我々にはこれといって特別なことはないな。せめて週末、どこか近場へ行くかと九条に言ってみたら、「僕はあなたと一緒にいられれば、一生家から出られなくても平気ですからお気遣いなく」と言われた。

あいつは……あいつは、どうしてああ恥ずかしい言葉を何のてらいもなく口に出来るのか、俺には理解できん……！

9月26日（日）

お疲れなのに、僕に気を遣ってくださったんでしょうか。大野木先生と、映画を見に行ってきました。

お目当ての映画がうっかり終わっていて、代わりに見た映画がゾンビがたくさん出てくるアクションもので……。僕は楽しかったですが、もしかして大野木先生は、こういうのは苦手なのでは……とふと横を見ると、肩と顔筋に物凄い力が入っていました。

しかも、無意識に、肘《ひじ》置きを僕の手ごと渾身《こんしん》の力で握っておられて、映画が終わるなりそれに気付いて「ギャッ」と悲鳴を……。

僕は、先生の手の温かさと力の入りようが気になって仕方がなくて、映画の内容を半分くらいしか把握できなかった気がします。

あとでお茶を飲みながら、先生の爪が食い込んだ痕《あと》だらけの手の甲をお見せしたら、真っ赤な顔で「すまん」と仰って、指先でさらっと素早く撫でてくださいました。

今ゾンビに喰われてもまったく後悔はない、そう思った一瞬でした。幸せです。

9月27日（月）

何だか急に寒くなったね。もさもさ茂ってきてた胡瓜、元気がなくなったみたいで心配だな。九条さんが言ってたけど、やっぱだんだん寒くなるわけだから、秋なりの胡瓜ってちょっと難しいんだって。頑張ってくれるといいなあ。

それにしても、夜に薄い夏布団じゃ寒くて、思わず深谷さんの布団に潜り込んじゃった。布団二枚重ねにしてくっついて寝ると、凄くぬくぬくして気持ちよかったなあ。

でも何故か、深谷さんと二人で雪山遭難してる夢見ちゃった。「遥君、寝ちゃだめだよ！」って深谷さんが俺のほっぺたペシペシ叩くんだけど、そこへいきなり兄ちゃんが飛んで来て、「深谷！　俺の弟に手を上げるとは何ごとだ！」って激怒すんの。

兄ちゃんは、雪山でも兄ちゃんだったよ……。

9月28日（火）

こら、遥！　人を勝手に夢に出すな。しかも、ずいぶんと理不尽な役回りじゃないか。いくら俺でも、雪山でそれを言うほど狭量ではないぞ。

しかし何となく興味が湧いたので、二人で雪山遭難したらどうする、と九条に訊いてみた。

何の躊躇《ちゅうちょ》もなく、「最終的にあなたを抱き締めて死ねるなら、憧れの最期と言ってもいいですね」と言い切られた。

何というか……返す言葉を失った。

そっちはどうだと問い返されたから、わざわざそんな寒いところへ行く趣味はないと答えたら、笑われた。俺に言わせれば、そこに山があるからといって、登らなくてはならない法などない。危険に挑むより、危険を回避するほうが俺には向いている……そう言ったら、「そうですね」と、さらに笑われた。

いったい何がそんなにおかしかったんだ、あいつは。

9月29日（水）

やあ、昨日は大野木先生があまりにも先生らしい答えを口になさるので、思わず笑ってしまいました。そうですね、先生が雪山に挑まれることは、たぶんないでしょうね。

僕としては、雪山とまでは行かずとも、少し肌寒い状況で、先生と一枚の毛布を分かち合って温め合うという行為は、一度やってみたい気がします。そんなことでもなければ、先生は照れ屋さんですから、なかなか僕と密着度を高めてくださいませんからねえ……。

　ああでも、以前、うっかりホラー映画をテレビで見てしまったときは、ジリジリと僕ににじり寄ってくださいましたっけ。

　画面は血と内臓が飛び散る阿《あ》鼻《び》叫喚《きょうかん》状態でしたが、僕は個人的にパラダイスでした……。

9月30日（木）

　やっぱり兄弟だなあ。遥君も、ホラー映画、見る見るって張り切って借りてくるくせに、見ているうちにだんだん僕ににじり寄ってきて、しまいには僕の背中に隠れて、チラチラ画面を見てるよね。怖いけど見たい、見たいけど怖い！って。

　ギャーって悲鳴上げたりして、見てる僕は面白いけど、背中に思いきり爪を立てられて、何だかけっこうなみみず腫れになってたみたい。次の日、着替えてたら同僚に冷やかされて困ったよ。そんな色っぽい理由じゃないんだけどなあ……。

神無月

10月1日（金）

九条家のリフォームを真剣に考え始めてからというもの、一戸建ての家を見ると、つい外観だけでもまじまじと観察してしまうな。

リフォーム番組ともなれば、未だかつてなく真剣に見る癖がついた。

それにしても、どんなに小さな土地にでも、家は建つものだ。この前、五坪の家をリフォームする番組を見て、気概と知識とアイデアがあれば、何でも実現できる……そう実感した。

しかし……その、何だ。いちいち九条に、「僕たちの家」と言われるたびに、どうにも気恥ずかしいな。

あくまでもここは、九条の家なんだが……そう言い張るには、俺はここに馴染みすぎているような気がするわけで……。うううむ。

10月2日（土）

兄ちゃんは往生際が悪いなー。いいじゃん、九条さんち、病院の目の前だから出勤も楽だし。

でも兄ちゃんがあんまりリフォームのこと熱心に勉強してるから、俺まで色々詳しくなってきちゃった。とりあえず俺さ、手をかざしたら水が出て、もっぺんかざしたら止まる水栓がほしいなあ。ああいうの、オペ室にしかないのかと思ったら、家庭用もあるんだね！　パン作るとき、あったら超便利そう。

色々ああしたい、こうしたいって思うことあるけど、でもつきつめて考えれば、深谷さんさえいれば、どこだっていいなあ。

今みたく、そこそこ近所に兄ちゃんがいれば、なおいい感じ。

結局、入れ物より中身ってこと？

ああでもなあ！　いっぺんだけ、セレブライフっていうの、一泊二日くらいで体験してみたいかも〜。

10月4日（月）

あー。そろそろ運動会のシーズン！

俺さあ、密かに憧れてる競技があるんだよね。パン食い競争！　アニメとか漫画とかだと、運動会の鉄板プログラムじゃん？　でも俺の行ってた学校では、どこも「非衛生的」とかいって、食品関係の競技はやってくれなかったんだよね。百歩譲って飴《あめ》食い競争とかでもいいから、やりたかったなあ。

でもパン食い競争ってあれ、パンをヒモで高いとこからぶら下げるんだよね？　どうやって、ヒモでパンを固定してるの？

ま……まさか。まさか、釣り針!?

10月5日（火）

遥君、釣り針はないから……！

競技者がみんな釣り上げられちゃうから！

僕の小学校では、パン食い競争、あったよ。パンに割り箸で穴を空けて、そこに荷造り紐《ひも》を通してぶら下げてたなあ。口より少し高いところにパンが下がってるから、口でパクって取るのがけっこう難しいんだ。歯を立てたら、途中で噛み切れちゃうしね。

今は、袋ごとぶら下げてるんだって。そのほうが確かに衛生的かも。

僕はクリームパン狙いだったんだけど、みんなそうらしくて、競争率高かった！　そういえば、ジャムパンがいちばん不人気だったなあ……。

10月6日（水）

肌寒くなると、人恋しくなるんでしょうか。

さっき、茶の間で洗濯物を畳んでいたら、読書中だった大野木先生が、おもむろに立ち上がり、僕と背中合わせで座り直すという珍事が。

すべてが無言で行われる上に、意図をお訊ねしたらたぶん怒って立ち上がってしまわれそうだったので、ただ黙って背中をくっつけたまま座っていたのですが……。確かに、背中全体で感じる相手の体温というのは、しみじみと嬉しいものですね。

ただ、背筋をまっすぐ伸ばしていないと離れてしまうし、前屈みにならないと洗濯物は畳めないしで、微妙に困りました。

先生が僕の背中にもたれてうとうとし始めてしまわれたので、余計に動けなくて、幸せながら、ますます困りましたねえ……。

10月7日（木）

深谷さんは、たまにお母さんみたいになる。
そろそろ寒くなってきたから、うちの風呂、すぐ冷めちゃうんだよね。
で、俺が先に風呂入って、浴槽の蓋を閉め忘れたら、深谷さんが入る頃にはぬるま湯くらいになっちゃうらしくて……。滅多に怒らない深谷さんなのに、そういうときだけけっこう厳しく怒るんだ。不経済なことしちゃ駄目！って。

でも俺、そういうのすぐ忘れるんだ。気をつけても駄目なんだ。

だから、じゃあこれからは毎日一緒にお風呂入ろうよって言ったら、深谷さん、真っ赤になってどっか行っちゃった。

あれっ……？　今さら、そこで照れる!?

10月8日（金）

この週末は、あちこちの学校で運動会があるんでしょうね。この時期になると、自分には関係なくてもついお天気が心配になってしまうものですが、最近では、悪天候だと体育館で運動会をやったりするんだそうです。なるほど。昔ほど生徒の数が多くないので、体育館でもやれるんでしょうか。ちょっと寂しい気がしますが、日程変更すると、応援に来られなくなる親御さんもいらっしゃるでしょうし、仕方がないですね。

僕が通っていた高校は不思議なところで、体育祭に予行演習日がありました。

つまり、まったく同じプログラムで、実質二日間、体育祭を繰り返すんです。全校生徒が四つの組に分かれて競い合うんですが、僕が所属していた緑団は、何故か予行演習で優勝して、本番で最下位というパターンが例年続いていて、切なかったものです。

結局、一回も本番で優勝できないまま卒業してしまいました……。

10月10日（日）

俺が子供の頃は、十月十日が体育の日と決まっていたものだが、今は月曜日を休みにするために流動的なんだそうだな。今年は明日らしいぞ。

体育の日といえば運動会。未だに思い出すのは、遥が小学校三年生の運動会の、徒競走だ。

走り出したはいいが、遥はすぐに転んでしまった。で、てっきり泣き出すと思いきや、突然「全員、止まれー！」と絶叫して、一緒に走っていた生徒たちは、びっくりしてそれぞれの場所で立ち止まった。遥はおもむろに起き上がると、呆然とする彼らを後目《しりめ》に、そのままスタスタ走って一等でゴールした……という事件があった。

我が弟ながら、あのバイタリティは恐ろしいと心底思ったものだ。

俺か？
俺は……運動会は…………………何一ついい思い出はないな……。

10月12日（火）

昨日は、近くの小学校から切れ切れに運動会の音楽が聞こえてきたね。最後のほうでフォークダンスの音楽が流れてたから、未だに運動会の締めくくりはみんなで踊るのかな。
ふと見たら、フォークダンスの音楽に併せて遥君がひとりでステップを踏んでたから、つい一緒になって踊っちゃった。子供に戻ったみたいでちょっと恥ずかしかったけど、何だか妙に楽しかったなあ。
秋はスポーツに最適の季節だから、次の週末は、二人で身体を動かしに行こうか。まだ紅葉には早いけど、近場で山歩きとかさ。

10月13日（水）

スポーツの秋、食欲の秋っ！
お弁当持って山歩きもいいけど、俺、そろそろコッペパンの新しいフィリング、試作したいんだよね。ねえ、連休の一日は深谷さんにつき合うか

ら、もう一日は俺につきあってくれる？

俺、深谷さんと出掛けるの好きだけど、同じくらい、二人で台所にこもるのも好きだし！

実は、コッペパンのフィリングさ、季節ネタを月替わりで一種類、ラインナップに入れられたら面白いかなって思って。

今の季節だったら、何だろ。栗……は、ちょっと原価がかさみそうだから、やっぱサツマイモ？　でもサツマイモだったらスイートポテト的なもんだよね。コッペパンにちょっと食感が合わないかもだなあ。

うーん、他に何があるだろ。

10月14日（木）

月替わりのコッペパン用フィリングですか。素敵なアイデアですね。遥君の日記を読んで、大野木先生と色々思いを巡らせましたよ。せっかく今月末にはハロウィンがありますから、かぼちゃなんて如何でしょう？かぼちゃなら、サラダにして挟むとコッペパンにも合うと思いますよ。

あと、スイートポテトが食べたくなったと大野木先生が仰るので、今日、仕事の合間にチャレンジしてみました。初めてにしては上出来だと思うんですが、調子に乗ってたくさん作りすぎてしまいました。

大野木先生がスイートポテトを召し上がっているところを想像したらときめきすぎて、必要以上に大量の芋を裏ごししてしまったんです。

さすがに先生に呆れられてしまいそうなので、あとで遥君と深谷さんにもお裾分けさせてくださいね。

僕の先生への愛そのものの、あまーい味がすると思います。

10月15日（金）

今日、昼休みに九条が持たせてくれた弁当を食べようとしたら……。タッパーにはみっしりスイートポテトが詰まっていた。四個食ったが、さすがにそれ以上は無理だった。作りすぎたと言っていたから、てっきり食えるだけ食って消化しろという意味だと思ったんだが……。

帰って、食いきれなかったとタッパーを返したら、九条が中身を確かめていきなり青ざめた。どうやら、弁当とスイートポテトのタッパーを間違えて俺に渡してしまったらしい。

「あなたにそんな無茶を強いるわけがないじゃありませんか！　電話してくだされば、すぐにお弁当をお届けしたのに！」と、冷蔵庫でよく冷えた弁当片手に、涙目で抗議された。何だか申し訳ない気持ちになって、つい「すまん」と言ってしまった。

しかし……今頃になって、理不尽な気持ちがこみ上げてきたぞ。

酷い目に遭ったのは、どう考えても俺のほうだと思うんだが！

10月17日（日）

昨日は深谷さんとハイキングに行ったから、今日は俺の日！

兄ちゃんと九条さんのアイデアをもらって、かぼちゃのコッペパンに挑戦だよ。まず、俺がかぼちゃをペーストにして、コッペパンの生地に練り込んだ奴を作る。で、そこに、かぼちゃをレンジでチンして、サラダを作って挟んでみようと思うんだ。

サラダは深谷さんの担当！

かぼちゃにマヨとチーズとレーズン、あと固さ調節にヨーグルトを使うんだってさ。胡椒《こしょう》やマスタード、はちみつを使うのもいいかもって深谷さんがアイデアを出してくれたから、サラダも何種類か作ってもらって、いちばんコッペパンに合うのを採用するつもり。

試作って大変だけど、やっぱいちばん楽しいんだよね。試作品、スイートポテトのお礼も兼ねて、兄ちゃんと九条さんにも食べてもらおうっと。スイートポテトが九条さんの兄ちゃんへの愛の味なら、かぼちゃコッペは、俺と深谷さんのラブラブ度をそのまんま反映した味だもんね！

絶対、美味しくないわけないもんねー！

10月18日（月）

うーん……。胸焼けがする。こんなこと滅多にないのに何故だろうと思ったら、そうか、週末じゅう、遥君のかぼちゃコッペパンの試作品を食べ続けてたからだ……！

何だろう、かぼちゃかな。マヨネーズかな。どっちかが凄くこたえたみたい。作っては食べ、作っては食べ……で、二日間で二十個くらい食べたもんね。おかげで二人の合作コッペパンが完成したから、いい気分ではある。しかし、苦しい。お昼、あんまり食べられなかった。

それを見てた大野木先生に、「一体全体、週末は何をしていたんだ？」って聞かれたから、家庭内試作大会の話をしたんだ。

で、さっき仕事の合間に席に戻ったら、胃薬が置いてあった。

大野木先生、わざわざ買いに行ってくださったみたい。……ホロリ。

10月19日（火）

が、が―ん。俺のパンで深谷さんが胸焼けさんに！　って思ったら、そうか。中に挟むかぼちゃサラダの試作を繰り返しすぎて、それでやられちゃったんだね。
俺のパンのせいじゃないってわかってちょっとホッとしたけど、でも俺のパンのためだもんなあ……。うう―。
申し訳なかったから、今日は俺が晩ごはんを用意した！
火が駄目だから、とりあえず炊飯器でお米を炊いて。おにぎり、山ほど作った。具は……色々！　アタリもハズレもあるよ！

10月20日（水）

遥君の作ったおにぎり、きっとあったかい味がしたでしょうね。
しかし……。大野木先生とも話していたんですが、アタリの具とハズレの具というのは、いったい何だったんでしょう……。
うちではどうだろう、と考えた結果、アタリは牛肉佃煮《つくだに》または美味しい焼き鮭《じゃけ》のほぐし身、ということになりました。ハズレは……。これまで僕が食べた最高のハズレの具は苺ジャム、大野木先生はチョコレートだそうです。どっちもどっち、ですねえ。

何だか急に二人ともおにぎりが食べたくなったので、明日の朝食はおにぎりにします。

大野木先生は、小さめの三角形がお好みだそうで。そういうところも、何だか先生っぽくて嬉しくなります。

10月21日（木）

何となく朝早く目が覚めたので、九条と並んで朝食のおにぎりを作ってみた。

小さめがいいと言うのに、九条が作ると、俺のより一回り大きくなる。何となくあいつと手を合わせてみたら、九条の手が俺のより一回り大きくて、その差がダイレクトにおにぎりの大きさに表れることが判明した。

九条が嬉しそうな顔をして、「あなたの作るおにぎりは可愛いですね」などと言うので、朝から妙な敗北感と疲労感を覚える羽目になった……。

あいつのほうが手が大きいのは、あいつのほうが身体が大きいからであり、別に俺がそこで負けた気になる必要はないとわかっている。

わかっているが、何となく腹立たしい……！

10月22日（金）

昼間はまだ暑いと感じることもあるけど、夜になると気温が下がって、すっかり秋らしいね。でもまだ暖房を使うほどじゃないから、パジャマの上に一枚羽織ってしのいでいるけど……。

昨夜、持ち帰りした論文を茶の間で読んでたら、遥君が突然僕の脚を思いきり開いたから、どうしようかと思った。もしかして、このまま襲われるのかと固まってたら、両脚の間に座って、僕の胸にもたれてテレビを見始めたから、ああ人間座《ざ》椅子《いす》……って納得しつつ、ちょっと脱力。だけど、何だか遥君を抱えてたら、小犬でも抱いてるみたいで、とても幸せな気分になったよ。

途中で何を思ったか、僕の顎を齧《かじ》り始めて、ホントに犬みたいだったしね……。

10月24日（日）

日当たりのいい昼間は、縁側で日向ぼっこが気持ちのいい季節ですね。どこからともなく金木犀《きんもくせい》の匂いが漂ってくると思ったら、K医大の生け垣の一部が、金木犀なんですね。あれを生け垣にするというアイデアはなかったので、正直驚きました。道を歩くだけで、とてもいい香りがします。

そういえば昔、小学校の校庭で咲いている金木犀の花を集めてハンカチに包み、匂い袋のように身につけている女の子がいました。子供のすることとはいえ、何だかとても雅な感じがしたものです。

……いえ、別にその子が好きだったとか、そういう話ではありませんよ？

そんな大昔の話をするだけで膨れっ面だなんて、大野木先生、どれだけ僕を喜ばせてくださるおつもりなんですか。

10月25日（月）

ハロウィンが近いから、スーパーであのオレンジ色のカボチャを買ってきた。ほら、ジャック・オ・ランタンを作ろうと思ってさ。ついでにハロウィンの飾りも買ってきて、店をそれっぽくデコってみたんだ。で、肝心のかぼちゃなんだけど……。あれ、みんなどうやって、あんなに上手に目鼻口を彫ってるの!?　包丁じゃ全然歯が立たないよ！

ヘタの回りをくりぬいて中を出すのさえできないまま挫折《ざせつ》。うー、もう、カボチャまるごとそのまんま、ドーンと飾っといてやるう！　目も鼻も口もいらないもんねっ。

10月26日（火）

遥君、そんなことでカンシャクを起こしちゃ駄目だよ。

ふと見たら、九条さんのお店にも大きなジャック・オ・ランタンがあったから、作り方を聞いてきた。道具さえ揃えれば、そんなに大変じゃないんだって。カボチャは、小刀とかギザギザがついたナイフとか、わりとしっかりした刃物でカービングするみたいだよ。

遥君が手を切ると困るから、遥君に下絵を書いて貰《もら》って、僕が彫刻することにしよう。合作のほうが愛着もわくし、ね？

どうせなら、うんと可愛くして、お店に飾ろう。

あのカボチャ大きいから、底を抜いたら被れるかもしれないよ！

10月27日（水）

おや、深谷さんが突然ジャック・オ・ランタンの作り方をお訊ねだったのは、そういうわけでしたか。あれは、初めて作るときには失敗したらどうしようかとドキドキしますね。やってみれば、意外と簡単ですよ。
ただ、ハロウィン終了後、どうするかが悩み所なのですが。
決して食べて美味しいものではありませんし、カービングして長く放っておくので、不衛生ですしね……。かといって、生ゴミに出すのもしのびなくて、うちはいつも裏庭に埋めています。せめて肥料に……と。一応、土にかえってくれているようです。

ハロウィンの日は、カボチャ尽くしにしようかと思ったのですが、大野木先生にそう申し上げたら、険しいお顔で「喉につかえそうだな……」と仰っていました。あまり魅力的な提案ではなかったようです。

まあ、一品くらい、かぼちゃ料理を添えようかと思います。

10月28日（木）

カボチャは嫌いじゃないんだが、どうもあのもさもさした感じがな……。あまり量はこなせない。ああだが、ポタージュなんかは好きだ。
いや、そんなことより。
確かに朝晩は肌寒いと俺は言った。言ったが、それは別に、お前と密着したいというアピールではないんだぞ……！
俺を背後から抱え込むくらいなら、お前が勝手にどこかへしまいこんだカーディガンを出してくれたらどうなんだ！　どこにあるかわからなくて、自力では探し当てられない俺も俺だが、出すのが勿体ないと口走るお前もお前だ！

おかげでここ数日、風呂に入ってから寝るまで、お前から離れられないじゃないか……。

10月29日（金）

ふふふー。俺の芸術的な下絵を、深谷さんが忠実に彫ってくれたカボチャ！　かんぺき！　店のカウンターに飾ってるんだけど、お客さんがみんな可愛いってほめてくれるんだ。

えへへー。深谷さんと一緒に作ったんだよって言ったら、みんなに、「何でも二人で一緒にするのねえ」って言われた。何だかそれって嬉しいな。

でも俺、いつも深谷さんに仕事手伝ってもらうばっかで、深谷さんの仕事は手伝えてないよね。どうしたら手伝える？　って帰ってきた深谷さんに訊ねたら、「遥君がいてくれるだけで、十分癒されてるよ」だって！

わお。俺、深谷さんにとってはプライスレス？

深谷さんも、俺にとってはとびきり特別だよ！

10月31日（日）

ハロウィンですね！　先生が茶の間でくつろいでらっしゃったので、つい悪戯心で「トリック・オア・トリート！」と言ってみました。

そうしたら……。真顔で「菓子の持ち合わせはない」と。

なるほど！

何という、簡素にして甘美なお誘いでしょう。

感動しつつ、早速「トリック」のほうを満喫させていただきました。

そんなつもりじゃないとか何とか仰っていましたが、照れることはないんですよ。

お陰様でたいへんロマンチックな昼下がりとなりましたが、一つ困ったことが。夕飯の買い物に行くのをすっかり忘れていました。かぼちゃがちょっぴりしか残っていないので、グラタンにでもしましょうか。それとも、他の野菜を足して具だくさんのスープに……？

モサモサしないかぼちゃ料理を、大野木先生のために考えなくては。

霜月

11月1日（月）

九条さんと相談して、ハロウィンのかぼちゃを細かく切って、コンポスト作りに挑戦することにした。そうそう、家庭用の有機肥料のこと。せっかく野菜を作ってるんだから、自前で肥料も作れたらいいと思って。生ゴミで肥料を作れる、簡単なキットを買ってみたよ。

まずはトライアルだね。カボチャは固いから、僕が細かくするよ。顔がついてるからちょっと可哀想だけど、でも庭で野菜たちを育てる肥料になるんだから、許してくれるかな……？

11月2日（火）

へえ、肥料かー。確かに、肥料になるんなら、捨てるわけじゃないからいいよね。でも、ちっちゃいナタでカボチャをガンガンかち割ってる深谷さんの姿、ちょっと怖かったかも。

何だか今年は、夏からちょっと秋になって急に冬になって、また秋が帰ってきて……みたいな、変な天気だよね。

秋胡瓜、冷え込んだとき以来、すっかり元気がなくなっちゃった。うー、今年は気候が変だから駄目元だとは思ってたけど、やっぱちょっとガッカリ。来年また頑張ろうね、深谷さん！

11月3日（水）

ハロウィンに作ったカボチャとチキン入りのグラタンが予想以上に美味しかったので、レシピ帳に加えてみました。
僕のレシピ帳、先生の評価を「◎、○、△、×」で添えてあるんですよ。あまり先生は言葉でハッキリした評価をつけてくださらないので、最初の一口を食べたときの先生の表情で判断しています。
個人的には、◎の笑顔が勿論いちばん嬉しいわけですが、○のときの小さな微笑みも捨てがたいです。まさに笑顔のチラリズムですね。

11月4日（木）

俺が飯を食っているとき、妙に九条がじっと人の顔を見ていることがあると思ったら、そういう事情か！
お前の作ってくれる飯は、どれもありがたく頂いているし、実際旨い。

たまに苦手な食材があるだけで、まずいわけではないんだ。この年になって、嫌いだから食べないと言い張るのも大人げなさすぎるし、好き嫌いせずバランスよく食べないと身体にもよくないしな。

というわけだから、△や×の献立も、気にせずまた作ってくれ。俺が微妙な顔をしていても、それはまあ何だ……不可抗力というか、何というか。

とにかく、食事中に俺の顔をあまり見るな。

11月5日（金）

ハロウィンが終わったら、あとはクリスマスを待つばかりだよね！　まだまだ先だけど、考えただけでワクワクする。

ほら、海外の映画とかで、クリスマスツリーに本物のクッキーぶら下げたりするじゃん。あれ、いっぺんやってみたいんだよね。でも、日本だったらしっけちゃうかな……。

ホントはコッペパンぶら下げたいけど、さすがにカビが生えそうだしさ。水分と油分の少ない、固いビスケットならいけるかな？　どうせなら店に置くクリスマスツリー、パン屋っぽく飾りたいな～。

家に置くクリスマスツリーは、二人で飾り付けようね、深谷さん！

11月6日（土）

ああそうですね、来月末はクリスマスですねえ。大野木先生と過ごすイブ、考えただけでワクワクします。お約束ですが、シャンパンとチキンとケーキを用意して、ささやかな贅沢を楽しみましょうね。
ああ、それともしよろしければ、二十五日にまた、遥君と深谷さんと我々の四人でクリスマス会食をしませんか？　今年のクリスマスは土曜日ですし。我が家に来てくださってもいいし、どこか外食するのも素敵ですね。
鬼は笑わない範囲とはいえ、まだ先の話ですので、どうぞご検討ください。
店のほうも、そろそろクリスマス用品の仕入れを始めなくては。仕事ですが、クリスマスの支度は、いちばん楽しい作業の一つです。

11月8日（月）

四人でクリスマス会！　何だかアレだね、子供みたいでちょっとむず痒いけど、楽しそう。
家だとのんびりできるなあ……でも、やっぱちょっと特別な日っぽく店

で食べるのもいいよね。うわあ、まだ十一月だけど、楽しみになってきた！　あ、でも、楽しみなばっかじゃないや。俺、ちょっとクリスマスっぽいコッペパンを作りたいんだよねー。でも、クリスマスとコッペパンがどうも結びつかないんだ。どうしよ。

11月9日（火）

クリスマス仕様のコッペパンですか……。今朝、大野木先生と朝食を食べながら考えてみたんですが、難しいですね。どうしてもケーキ的なものに頭が行ってしまうのですが……生クリームと苺を挟むのでは、安直すぎるでしょうし。

大野木先生はあれこれ思い悩みながら出勤なさったので、もしかするとお帰りになる頃には名案が浮かんでいるかもしれませんね。僕も興味があるので、とても楽しみです。

11月10日（水）

クリスマスコッペパンか……難しいよね。大野木先生もお手上げだったみたいだし、僕が思いつけるかどうか。頑張ってみるけど。

それはそうと、今日、大野木先生が新しいマフラーを巻いてたんだ。上品なブルーの、綺麗な編み込み模様が入ったやつ。で、半分冗談で「手編みですか?」って訊ねたら、真っ赤になって出て行っちゃったんだけど。あれ、もしかしなくても、九条さんからのプレゼント……なんだろうなあ……。九条さん、編み物もできるのか、って感心した。

僕は理学療法士だけど、作業療法で編み物カリキュラムがあるから、いっぺんやってみるかな。知ってて損はない技術だと思うし。

よし、今度本と材料を買ってきて、遥君のマフラーを編もう。もらってくれる?

11月11日（木）

まったく深谷め。余計なときだけ敏い奴だ。確かにあれは九条が趣味で編んだものだ。大した腕だと思う。そして実用的で暖かい。

だが、別に手編みだからと見せびらかしているわけじゃないんだぞ!

……とはいえ、編んでいるのを見ていると、妙に楽しそうだったのは事実だ。

外科系は手先の器用さが大事だからな。俺も一度やってみるか……と九条に習ってみたが、「目を作る」という最初の作業行程で、既に何が何だかわからなくなった。編み物というのは、いったいどういう高等技術なんだ！　術創《じゅつそう》の縫合よりよっぽど難しいぞ。参った……。

11月12日（金）

兄ちゃんが編み物……！　何かその光景、見たかったかも。

深谷さんも、何か唸《うな》りながら頑張ってるよ。ただ、俺のマフラーを編むはずが、何故か鍋敷きになってた。

まあ、来年の冬くらいまで、気長に待とうかな～。

クリスマスコッペパン、俺もケーキにこだわって悩んでたんだけど……いっそ、チキンのほうに振ってみようかな。期間限定で、チキンサンドイッチにしてみるとか。照り焼きチキンだったら、ホットプレートで作れそうだもんね。うーん、また週末に試作だなっ。深谷さん、つき合ってね！

11月13日（土）

大野木先生、編み物でずいぶん苦戦なさってますね。作業に没頭しているときの大野木先生の顔は、まるで少年のようでとても可愛いです。

結局、目は僕が作って差し上げましたが、平編みをする手つきはだんだんさまになってきましたよ。

でも、あまり上手になりすぎないでくださいね。助けを求められて、背後から抱き締める状態で手を添えて教えて差し上げるのは、僕の大きな楽しみであり、歓びでもあるので。

そう申し上げたら、叱られました。

今編んでらっしゃるのは、僕へのクリスマスプレゼントにするためのマフラーなんだそうです。それはそれは。

今度は嬉し過ぎて、理由もなく抱き締めたくなってしまいます。

11月15日（月）

みんなに意見をもらって、クリスマス限定コッペは、食事系にすることにしたよ！　照り焼きチキンとポテトサラダを挟んで、ランチにぴったりな感じにしようと思うんだ。

だけどそうなると、朝、深谷さんに手伝ってもらわなきゃ無理なんだよな～。兄ちゃん、来月はあんまり深谷さんのことこき使わないでね！

とりあえず販売は十二月からだから、今、冷めても美味しい照り焼きチキンの試作中！　深谷さんが作る係で、俺、食べて評価する係！

11月16日（火）

クリスマスコッペパンの方針が固まったんですね。チキンとポテトサラダとは、とても美味しそうです。

下味をつけるときにパイナップルジュースを砂糖代わりに使うと、冷めても鶏肉が軟らかいですよ。あるいはそぎ切りにするのも効果的ですね。

……と色々書いていたら、照り焼きチキンが食べたくなってきました。

そうだ、大野木先生と焼き鳥屋に行ったことはまだありませんでしたね。

今夜あたり、お誘いしてみようかな……。

11月17日（水）

昨夜、九条に誘われて、仕事帰りに焼き鳥屋へ行った。
買った焼き鳥を家で食べたことはあったが、焼き鳥屋へ行くのは初めてだった。なかなか賑やかで面白いものだな。
焼き鳥で腹を膨らませるのは大変だろうと思っていたら、釜飯《かまめし》がメニューにあった。しかも釜飯は時間がかかるので、来店時に前もって頼んでおくのが常識だそうだ。

なるほど、あらゆる世界に独自のルールがあるものだ。

慣れた様子で注文する九条を見ていると、俺より年下のくせにやけに大人に見えて、少し戸惑った。
※追記　ブログを読んで誤解した九条がニヤニヤしているので、敢えて弁明しておく。違う。ときめいたんじゃない。単純に戸惑ったんだ！

11月18日（木）

今週、毎晩ずっと照り焼きチキンとポテトサラダを食べ続けてるんだけど、色々バリエーションをつけて試作してるから、意外と飽きないもんだね。九条さんのアドバイスがとても参考になって、だんだん味つけの方向性が決まってきたかも。パイナップルジュースなんて、僕じゃとても思いつかなかった！

それにしても、急に寒くなったせいで、遥君が僕にへばりついてる時間が長くなったなあ……。

十二月まで粘ろうかと思ってたんだけど、やっぱりそろそろこたつを出そうか。僕としては、遥君がちまっとくっついてくるの、可愛いから好きなんだけど……風邪を引かせると困るからね。

11月19日（金）

深谷さんの編み物、難航してるっぽい。二日に一度くらいのペースで、厨房《ちゅうぼう》に毛糸編みの不細工な鍋敷きが増えていくんだよね……。ただ、レベルは徐々に上がってきてる気がする。

頑張って、深谷さん！

来年の冬までには、俺のマフラー完成させてね！

兄ちゃんはどうかなって思ったら、こないだ店に寄ってくれたとき、バッグの中にかぎ針と毛糸が入ってた。かぎ針編みに転向したんだ？

何となく、かぎ針編みって猫背でやるイメージがあるんだけど、兄ちゃんのことだから、背筋ぴーんと伸ばして編んでんだろうな。想像すると、ちょっと面白いかも。

11月20日（土）

棒編みがどうも性に合わないので、教則本を買ってきてかぎ針編みに挑戦しているが、こちらのほうが俺には合っているようだ。

女性じみた行為かと思ったが、編み物に没頭していると、不思議に気持ちが落ち着く。

職場でも、昼休みに自分の席で編み進めていると、女性陣にやたら受けがいい。色々とコツを伝授されて、日々腕前が上がっていくように思う。しかし帰宅してそう言うと、珍しく九条の機嫌が微妙に悪い。何故なんだろう……？（甫）

大野木先生が職場の皆さんと打ち解けていかれるのは素晴らしいことです。僕のためにマフラーを編んでくださっているのも、とてもとても嬉しいことです。

しかし！

先生が職場の女性たちに取り囲まれて楽しく盛り上がっている光景を想像すると、たいへんこう、何と申しましょうか……妬けます。

僕だけの先生ではないとわかっていますが……ああでも、こんなに独占欲を発揮していては、愛が重いと言われてしまいそうですよね。自重しなくては。（九条）

11月22日（月）

昼休み、黙々とかぎ針編みをしている大野木先生の周りには、職場の女性陣がいつも集まって、ああでもないこうでもないってアドバイスしてる。自分もって編み物持参で来る人も増えて、何だか昼休みの医局が編み物工房みたいになってきたよ。

というわけで、僕も自分の棒針と毛糸を持参！　もう初日から、編み物の先輩たちに滅多打ちにされた。

だけど、教本には載ってないコツとか、一目飛ばしちゃったときのフォロー方法とか教えてもらって、凄くありがたかったなあ。

遥君、もしかしたらこの冬が終わるまでに、マフラー編めるかもだよ！

11月23日（火）

ここしばらく、夕飯の後、茶の間のこたつに入って、僕は花の勉強をして、大野木先生は編み物をして……。何だか老境の夫婦みたいな穏やかな時間を過ごしています。

こたつに入っているときも、大野木先生の姿勢のよさには驚かされます……が、ウトウトなさって頭が前のめりになってくると、こたつの天板にいつおでこが激突するかと気が気ではありません。

疲れ果てるまで編み物に熱中せず、早くおやすみになって欲しいところですが、互いの作業をしながら他愛もない話をするひとときが楽しすぎて、そう言えない僕は駄目ですねえ。

11月24日（水）

うわっ、あと一ヶ月でクリスマスイブだ！がぜん気分が盛り上がるなあ。
今日、店に置くツリーに飾るための、カチカチのクッキーを焼いたよ。面白いんだ。家の形に型を抜いてさ、窓のところに、割ったキャンデーを敷き詰めて焼くんだよ。そしたら、溶けたキャンデーが広がってステンドグラスみたいになった。
我ながら可愛くなったなー。他にも、マーブルチョコやドライフルーツで飾り付けたりして、色んなクッキーができた。
晩ごはんの後、ヒモを通して二人で飾り付けようね！

11月25日（木）

何が幸いするかはわからないものだ。編み物がきっかけで、医局の女性たちとかなりコミュニケーションが取れるようになってきた気がする。というか、彼女たちに教えを請うことで俺は謙虚になれるし、彼女たちも自信を持てるようだ。うむ。何でも試してみるものだな。

しかしそういう話をするたび九条が不機嫌になるので、どうにかしようとさっき通りすがりに、こたつに入っていたあいつの頭を撫でてみた。

途端に、凄い勢いでばったり倒れられた。

感動して心臓が止まりそうになった……そうだ。よくわからんが、それで機嫌が直ったので、俺の行動は間違ってはいなかったらしい。

11月26日（金）

朝、布団から出るとき、身震いするほど寒い〜！

うち、湯沸かし器が古いから、ガスをつけてもお湯が出るまで結構時間がかかるんだ。で、水を出しっ放しにして待つんだけど、そうすると勿体ないって深谷さんに怒られる。

だって、あんな冷たい水で顔洗うとかないじゃん！　水出さないとお湯になららいし。どうすりゃいいのさー！

何か俺たち、たまにケンカするとき、ネタはいつもこんなつまんないことばっかだよね。

うー、今朝は腹が立って、いってらっしゃいを言わなかったから、何だか変な気分。あとで、仲直りのメール送っとこ！　もう怒ってないよって。

11月28日（日）

ケンカですか……。

そういえば、僕たちはほはケンカをしませんね、大野木先生。

たまに口論になることはありますが、お互い冷静に話し合えるからでしょうか、ほどなく落としどころが見つかって、そのまま自然に会話が終わる気がします。

お隣の国には、「殴り合わないとわかり合えない」という諺《ことわざ》があるそうですが、あなたの綺麗な顔を殴ることなど、僕には一生出来そうにありません。

殴り合うより、たくさん話をしたほうが楽しいですしね。これからも、もっともっと色んな話をしましょうね。（九条）

ケンカか。そうだな。遥とは年が離れていたから、兄弟げんかもしたことがないな。俺が一方的に遥を叱るばかりだった。

九条、お前とも、ケンカにはなりそうにないな。俺が苛立《いらだ》っても、お前はいつもゆったりと構えていて、まさに「暖簾に腕押し」だ。お前のそういう温厚な気質が、この家の平和を保っていると言える。

そういえば今、うっかり「我が家」と言いかけた。そろそろ腹を括るべきかもしれん……。（甫）

11月29日（月）

クリスマスのアレンジメント用のアイテムを早めに仕入れて、箱に放り込んで茶の間に置いてあります。大野木先生、どうもそれに興味津々だったようで、さっき、箱を開けてなかからあれこれ取り出して眺めていらっしゃいました。
フェルト地の小さなサンタマスコットを一つほしいと仰ったので差し上げましたが、いったいどうするのだろうと思っていたら……。さっきふと見ると、携帯電話にぶら下がっていました。なるほど。

僕もそろそろ、お揃いのサンタをブローチにして、店用エプロンにつけましょうかね。

11月30日（火）

お店にちょっと大きめのツリーを置いて、焼いたクッキーをぶら下げて、うん、ちょっと外国風に可愛く飾り付けができた！って思ってたんだけど……。

何かさ、近所のお年寄りが、コッペパン買いに来たついでに、「昔使ってた奴を取っておいたから」って、古いツリーの飾りをどんどん持って来てくれるんだ……。仕方ないから、全部うちのツリーにぶら下げたら、わけわかんない感じになってきた。

クリスマスツリーっていうより、むしろ七夕飾り的何か……？

ううう、シンプルに可愛くしたかったのに！

でもまあいいや。こういうのも、俺の店らしいよね。

師走

12月1日（水）

今日から十二月、つまり先生も走る師走のスタートだ。
一年を締めくくる月でもあり、来年に繋がる月でもある。一日一日を大切に、充実した日々を過ごさねばならん。
やるべきことは年内にテキパキ済ませるよう、各自注意するように……と今朝の朝礼で言ったら、その日の昼休みに、「ではさっそく」と忘年会の出欠表が回って来た。そういう意味ではなかったんだが！
む？　今年の忘年会はカニ料理か。ずいぶんと静かな忘年会になりそうだな……。

12月2日（木）

リハビリ科の忘年会がカニだと知って、遥君が昨夜からずっと「カニいいなー」しか言わない。仕方がないから、帰りにスーパーで冷凍のカニを買って、かにすきにしたんだけど……。
肝心の遥君は、カニを見るなり、「深谷さん、めんどくさいよ！」だっ

て。結局、僕が全部身を出して、遥君はにこにこ顔でそれを片っ端から食べてた。

うん、そうだね。遥君はカニを食べたかったわけで、カニの身をほじりたかったわけじゃないんだよね。

12月3日（金）

おや、深谷さんは奉仕の喜びをあまり感じないほうなんでしょうか。
うちもたまにカニのお鍋をしますが、僕は大野木先生のために、カニの身を取って差し上げたいですねえ。
ですが、さすが本来は整形外科の先生というべきか、大野木先生は天才的な几帳面《きちょうめん》さでカニの身を取り出してしまわれるのです。まさに「オペ」という言葉がしっくりくるほどの真摯《しんし》な眼差しと、一筋も身を残すまいとする繊細な指の動き。
それはそれで、お仕事中の先生の姿を垣間見るようで、たいへんときめきます……！　ですが、たまにカニの身を出す作業に没頭してしまい、僕の存在などすっかり忘れておしまいになることが……。それはいささか寂しいひとときです。

12月4日（土）

あ、そうそう。実家でカニを食べるとき、家族全員分のカニの身を出すの、兄ちゃんの仕事だったんだよね。すげー上手いの。俺がほじると、中にいっぱい残っちゃって、結局二度手間だから触るな！ってよく怒られたっけ。

何だか懐かしくなって、カニの形のコッペパン焼いてみた。可愛くできたから、あとで九条さんとこに届けようっと。

12月6日（月）

一日からおっかなびっくりで売り出した、クリスマス限定チキン&ポテサラコッペパン、一日十個限定なんだけど、朝イチで売り切れちゃうんだ。近所のお年寄りが、お昼に食べるのにちょうどいいんだって。嬉しいなあ。「ずっと売りなさいよ」っていわれるけど、手間要りだし、深谷さんに手伝ってもらわなきゃだし、ひとりで店をやってる今は無理っぽい。だけど、ふたりで一生懸命試作を繰り返したから、そう言ってもらえるのは凄くうれしいな。

今度、兄ちゃんと九条さんの分を、深谷さんに持ってってもらうね！

12月7日（火）

町に出ると、お店の飾りも流れる音楽も、クリスマス一色ですね。別にクリスチャンでも何でもないけれど、心が浮き立ってきます。

そういえば、皆さんはサンタクロースを何歳くらいまで信じてらっしゃいましたか？

僕は五歳の時、両親に、「本物のサンタクロースはパスポートを持っていないので、日本には来られない」と告げられ、絶望した記憶があります。

せめてもうちょっと、夢のある嘘《うそ》をついてほしかったですねえ……。

12月8日（水）

俺は、小学校出るくらいまで信じてたなー。

ていうか、兄ちゃんが、「サンタさんは忙しくてここまで手が回らないから、俺がサンタさんからお金を預かっている。好きなものを買ってやろう」って言って、デパートに連れてってくれてたんだ。

だから正確に言うと、「サンタさんのプレゼントは一人あたり上限二千円」だって信じてた。

兄ちゃん、そのせつはありがとね！　お小遣い、俺のためにサンタ基金として貯めといてくれたんだよね。

12月9日（木）

い、いや、それはだな……！
うちの両親が夢のない連中で、俺は三歳のときに事実を知らされた。あのときのガッカリを遥には経験させたくなくて、子供らしい下手な嘘を考えつき、それを遥自身が「サンタさん、ホントはいないんだね」と言い出すまで実行し続けただけのことだ。
遥には、夢のある子供時代を過ごしてほしかったからな……。
まあ、おかげで夢見がちに育ってしまって、今に至るわけだが。

12月10日（金）

うう、大野木先生……！　何だかいい話すぎて、僕、職場のみんなに言いふらしたい気持ちでいっぱいです。
駄目ですか？　仕事をしながら、口がムズムズするという初めての経験をしました。素面《しらふ》なので我慢していますが、忘年会でお酒が入ったら黙っていられないかも……！

でも、職場のみんなにも、先生の素敵なところをもっともっと知ってほしいです。そう言ったら、てっきり同意してくれると思った遥君が、難しい顔で「でもみんなが兄ちゃんを好きになると、俺が妬ける！」と言ってました。うーん……。

12月12日（日）

出掛けたついでに、近所のケーキ屋さんでクリスマスケーキの予約してきた！　どれにしようかって凄く迷ったんだけど、やっぱシンプルにイチゴショートケーキのちっちゃくて丸い奴。二人で半分ずつ食べるんだ〜。深谷さん、それでよかった？　チョコとどっちがいいかすっごく迷ったんだけど……。（遥）

僕はどっちでもいいよ。遥君の選んだケーキなら、絶対美味しいはずだから！

僕は優柔不断だから、ああいうの迷っちゃって決められないんだよね。遥君が決めてきてくれてよかった。

そういえば、今月に入って以来、仕事から帰って茶の間に来ると、床の間にクリスマスツリーが置いてあるだろ。何だか可笑しいんだけど、凄く和むんだよ。僕たちらしいクリスマスになりそうだね！（知彦）

12月13日（月）

うむ、かぎ針編みのマフラーをかなり編み進めた。もう、どうにか一周、首に巻けるくらいだ。
しかし、必死で編んでいるので気付かなかったが、改めて全体を客観的に見ると、編み目が一定しておらず、微妙に幅も増減している……。
徐々に上達しているとは思うが、プレゼントとしてはあまりにもみっともないのではないだろうか。しかし、編み直していてはクリスマスに間に合わん。とりあえず、今年はこれで我慢してもらうとするか……。

12月14日（火）

何を仰るんですか。先生が手ずから編んでくださった、世界に二つとないマフラーなんですよ？　目が不揃いなのは、手作りの証のようなものです。躊躇《ためら》わず、そのまま編み進めてください。
ああ、クリスマスが楽しみです。マフラーを頂いたら、会う人ごとに自

慢して、見せびらかして歩いてしまいそうです。

しかし、僕のほうも、先生へのプレゼントを考えなくてはいけませんね。いえ、ずっと考えてはいるんですが、なかなかこれだというものが見つからないのです。あと十日。悩ましい日々が続きそうです……。

12月15日（水）

今日は、リハビリ科の忘年会。ゴージャスに、カニ料理のフルコースだった。ずっとカニをほじり続けて沈黙の宴会になるかと思ったら、お刺身とかグラタンとかお寿司とか、カニを使ったそのまま食べられる料理がたくさん出て美味しかったよ！
大野木先生が、「皆、自分のペースで飲むように。お酌は不要」って言ってくださったので、落ち着いて食べられてよかったなあ。
大野木先生、一次会で帰られるかと思ったら二次会にもつきあってくださって、カラオケでミスチルを歌ってた……！　び、びっくりした。みんなもびっくりしてたけど、物凄く盛り上がってた。
やっと、職場のチームワークが出来てきた気がして、嬉しいな。

12月16日（木）

兄ちゃんがカラオケ……！　兄ちゃんが歌……！

　俺、兄ちゃんが歌うの、聴いたことないかも。うはー。ちゃんと歌えてた？　すげえ音痴とかじゃなかった？　俺も聴いてみたいな～。今度、みんなでカラオケ行こう！　三時間くらい、歌いちぎろう！

　そういえば、深谷さんともカラオケ行ったことないよね。深谷さんは昨日、何歌ったんだろう。俺は……うーん。今だったら、やっぱ嵐とか？

12月17日（金）

　一昨日は、大野木先生、日付が変わってからご機嫌でお帰りでしたからね。楽しい忘年会だったんだなと、僕もホッとしました。

　しかし、カラオケまでなさっていたとは……！　是非とも、僕も先生の歌をお聴きしたいです。そうですね、遥君のお誘いに乗っかって、今度四人で行きましょうか。

　僕はかつてバンドにいたにもかかわらず……歌は……歌は……歌はからきしです。できれば聞き役に徹したい所存です。

12月18日（土）

それにしても、こたつというのは恐ろしいものだな。実家にはなかったので九条宅で初めて経験したのだが、入ったら最後、出られない。
しかも、ずっと入っているとつま先が熱を持ちすぎて気持ちが悪くなり、足首から先だけは布団の外に出す羽目になる。
あと、こたつに入って食うみかんはどうしてこんなに旨いんだろう。九条と二人して際限なくみかんを食べてしまい、揃って手のひらが黄色くなった。いかん。自重しよう。（甫）

ふふふ、こたつでみかんは昔から鉄板ですよ。

我が家は古いので隙間風が酷くて、どうしても冬は、食事も勉強も、すべてのことをこたつで済ませてしまいますね。

元々が狭い家ですが、さらに小さなこたつに二人で寄り添っているのは、しみじみと幸せの形だな……と思います。こうしてあなたと日々を積み重ねていけることが、僕にとっては、何より嬉しいことです。（九条）

12月20日（月）

今日、毎日のように来てくれる常連さんに、クリスマスプレゼントもらったんだ。当日はお孫さんちに行くから、先に渡そうと思って持って来てくれたんだって。凄く可愛いオーブンミトンなんだよ！　今年一年、美味しいコッペパンをありがとうって言われて、俺、感激して泣いちゃった。

お店やってて、頑張ってきて、マジよかった！

あんまり嬉しくて、兄ちゃんと深谷さんに写メっちゃったよ〜。

12月21日（火）

よかったな、遥。

努力している姿は、誰かが必ず見ていて、評価してくれるものだ。

最初、お前がコッペパン屋をやっていると知ったときは、またいつもの興味本位の気まぐれとばかり思っていたが、今度ばかりはお前の本気に感服せざるを得ない。

お前を見ていると、俺も初心に返って謙虚に職務に励まなくてはと思わされる。帰宅して九条を見ていても、人に喜んでもらうという仕事の本質的な目的を思い知らされる。日々勉強だ。

深谷？　そうだな、あいつを見ていると……たとえ鈍重かつ不器用でも「継続は力なり」だとつくづく思うな。

12月22日（水）

うう、あまり褒められた気がしない、大野木先生の僕への評価……。
でも、他の人より進歩が遅くても、少しくらいは「力」になってると思ってくださってるんだなあ。根気強く見守ってくださっていて、凄くありがたいと思う。
僕も、大野木先生の仕事に対する真剣な姿勢とか、遥君のひたむきな姿とか、九条さんの親身な仕事ぶりとか見てると、刺激を受ける。
来年は、今年以上に頑張るぞー！

12月23日（木）

何やら熱い今年の反省と来年への展望が語られていますね。
何だかこんなふうに、四人でお互い刺激を与え合い、受け合うことができるというのは素晴らしいことだと思います。
そして、明日はいよいよイブ。お仕事から帰ってからというもの、大野木先生は鬼神の如き表情で、マフラーの仕上げに取りかかっておいでです。多少遅れてもいいのでおやすみになってくださいと申し上げたのですが、こういうことは期日に間に合うことも価値のうちだ、と一蹴《いっしゅう》されました。

　では、僕もこたつで勉強しながらおつきあいして、あとでお夜食でも作って差し上げることにしましょうか。

12月24日（金）

静かな、でも素敵なイブでしたね。
　本当は丸鶏をローストしたかったのですが、うちのオーブンは小さくて入りきらない気がしたので、もも肉をローズマリーの香りをつけてローストしてみました。それに蒸し野菜やチキンと一緒にローストしたジャガイモを添えて、ささやかなご馳走に。
　大野木先生が買ってきてくださったワインとケーキが、食卓に花を添えてくれました。
　僕が花屋なので、ブッシュドノエルを選択してくださるなんて、感激です。それに、あなたの手編みのマフラー！　僕はもう、明日地球が滅びても構いませんよ。（九条）

どうにかマフラーが間に合ったな。お前が喜んでくれてよかった。あまり外に出さず、コートの内側に入れ込んで使ってくれ。

お前が作ってくれたディナーは旨かったし、お前がくれたプレゼントの財布も、新年からありがたく使わせてもらう。

さっき財布を開けてみたら、小銭入れに小さなカエルのフィギュアが入っていてビックリした。なるほど、「ぜにかえる」か……。（甫）

12月25日（土）

今日は、兄ちゃんたちとクリスマスパーティ！　居酒屋の個室で、思いっきり飲み食いしてきた！　ケーキも九条さんが持ち込みしてくれて、美味しかったー！
俺、ちょっとだけ九条さんとも仲良くなれたかも。つか九条さんなら、兄ちゃんを任せても大丈夫だと思ったかも。
だって九条さん、酔っぱらって寝ちゃった兄ちゃんを軽々と背負って帰ったもんね。頼もしい……！（遥）

大野木先生、ご機嫌だったね。僕も凄く楽しかった。居酒屋なんかで大丈夫かなって思ったんだけど、かえって大野木先生も遥君も面白がってくれてよかったよ。

あと、ホントに九条さんが気配りしてくれて、ありがたかったなあ。帰り際、遥君が、大野木先生を背負った九条さんに、「今日はありがと！」ってちゃんと言ってて、何だか我が子の成長を見るみたいにじーんとしちゃった。（知彦）

12月27日（月）

今朝、店の外を掃除している遥君を見たら、僕がイブにあげたマフラーを巻いてくれてた！　不細工なマフラーだけど、暖かいって喜んでもらえて、凄く嬉しかったな～。
遥君ったら、店の中でもマフラーを巻いて、僕からもらったってお客さんに自慢しまくっていたみたい。は……恥ずかしいけど、ありがとうね。
大野木先生は、すっかりかぎ針編みにはまってしまわれたらしくて、年明けから新しい作品に取りかかるとか。今度は何だろう。手袋かな……？
そういえば大野木先生、九条さんから財布をもらったんだって。僕も遥君から財布をもらったよね。面白い偶然だなあ……。

12月28日（火）

年内の診療業務は、今日で終わった。リハビリ科は入院病棟を持たないから、カレンダーどおり休めるのがありがたいところだ。
九条の店も今日で仕事納めらしく、せっかくなので二人で食事に出た。
最初の頃は、二人きりで差し向かいの食事にどこか落ち着かない気持ちになったものだが、今やごく自然にリラックスして食事ができる。不思議なものだ。
そう言ったら、九条が異様に嬉しそうな顔をした。これまた不思議な反応だ……。

12月29日（水）

ふう、今日から冬休み！　深谷さんと、正月の食料の買い出しに行ってきた。
俺は三箇日の中日あたり、兄ちゃんと二人で実家に帰るけど、深谷さんは実家が遠いから、もうちょっと飛行機代が安いときに帰るんだって。

そっか。そんとき、俺も一緒についてっちゃおうかな。深谷さんが育ったとこ、見てみたいや。

12月30日（木）

一夜飾りはいけないので、今日、注連縄《しめなわ》を吊るし、鏡餅を床の間に置きました。本物の鏡餅は固くなって大変なので、鏡餅型の容器に小餅がいっぱい詰まった、アレです。

あと、お正月用のアレンジメントも残った花で作って、玄関に飾りました。少し小さなものをもう一つ作ったので、遥君のところにもあとでお届けしますね。

夜になったら黒豆と小豆を水につけて、棒鱈《ぼうだら》の水を取り替えて……。夕飯が済んだら、おせちの下ごしらえを始めましょう。

また、大野木先生が「俺の仕事がない」とウロウロし始めてしまいそうなので、何かお手伝いして頂くことを考えておかなくては……！

12月31日（金）

今日は、俺と深谷さんのためだけに、年末と正月用のコッペパンを焼い

た。今日食べる分以外は、冷凍しておいて食べたいときに温めよう。また、栗きんとんと黒豆挟んで食べようね！
今年は、途中から深谷さんと一緒に暮らし始めて、凄く楽しかった。俺、店を始めるときは、もう誰にも甘えずにひとりで頑張るって思ってたんだけど、やっぱ寄りかかれる人がいるって、凄くいい感じ。
でも俺も来年は、深谷さんが安心して寄りかかれるような男になるからねっ！　期待してて！（遥）

激動ってわけじゃないけれど、遥君を好きになって、遥君に好きになってもらって、二人で一緒に暮らして……。毎日、とても穏やかに幸せだよ。遥君はたまに可愛い我が儘を言うけど、自分の夢を着実に形にしていくっていう芯の強さが凄くて、僕は何だか圧倒されてばかりだ。

今年は本当にどうもありがとう。来年も、小さなケンカはあるかもしれないけれど、二人で色んなことをして、楽しく暮らそうね。（知彦）

おせちを作る九条の背後をウロウロしては、たまに思いだしたように小さな仕事をするだけで、あまり役に立たない大晦日《おおみそか》の俺だった。

しかしまあ、とりあえず年越しの支度がすべて終わり、やはりこたつで紅白を見ながら過ごす静かな時間というのはいいものだ。
奇妙な縁で、こうして九条と共に時間を過ごすことが多くなった。この一年を振り返ると、感謝すべきことばかりだ。年を越す前に礼など言いたいものだが、なかなかタイミングが摑《つか》めない。どうしたものか……。(甫)

両親が隠居してからは、ずっと一人暮らしでした。今、こうして大野木先生と差し向かいで、芸能人にあれやこれやとツッコミを入れながら紅白を見ていられる幸せを噛みしめています。

おせちも、ひとりきりなら作る気には到底ならなかったでしょうし。たとえるなら、カットケーキくらいの大きさだった僕の幸せを、大野木先生がホールケーキのサイズに拡大してくださいました。

このまんまるな幸せを、来年もどうか僕に与え続けてくださいね。(九条)

新たな年を君と

「先生、年越し蕎麦《そば》、今のうちにお出汁を作っておこうと思うんですが、温かいのと冷たいの、どっちがいいですか？」

階下から呼びかけられた大野木甫《おおのぎはじめ》は、階段まで行き、手すりから下を見た。エプロン姿の九条夕焼《くじょうゆうや》が、ニコニコ顔で見上げている。

「今日は冷え込みが激しいようだから、俺は熱いのがいい。というか、手伝うことは本当に何もないのか？」

「はい。じきに夕飯が出来上がりますから、もう少し待っていてください」

「……わかった」

甫は物足りなそうな顔つきで茶の間に戻った。

今日は大晦日。

昼間、自宅マンションの大掃除に行っていた甫は、夕方には九条宅に戻り、遅ればせながら年賀状を書いている。年末は仕事納めに向けて残務整理が忙しく、年賀状どころではなかったのだ。

九条は朝からおせち料理の支度に勤しみ、今は夕食の支度をしている。さっき、手伝おうと台所へ行き、忙しく働く九条の後ろをウロウロしてみた甫なのだが、「こちらは大丈夫ですから、二階でくつろいでいてください」と追い払われてしまった。

もともと九条の家は小さく、台所も狭い。男二人が並んで作業するスペースなどないので、ろくに調理スキルのない甫は邪魔なだけなのである。

住所録を広げ、黙々と年賀状を書いていた甫は、ふと手を止めた。

「そうか。深谷《ふかや》は遥《はる》の家にいるんだから、連名でいいのか……？　いや、いかん。俺は何を言っているんだ。そういう公私混同は断じてならん。一枚ずつ送ろう」

そんな独り言を言いつつ、丁寧に部下である深谷知彦《ともひこ》の名前を書いていく。

K医大リハビリテーション科を統べる甫にとって、理学療法士の知彦は十数人いる部下のひとりである。だがそれだけではなく、知彦は、甫のたったひとりの弟、遥の恋人でもあった。

遥と知彦は、夏から遥宅で同棲を始め、なかなか睦《むつ》まじく暮らしているらしい。

医科大学を中退した遥は、亡き祖母の家を受け継ぎ、ままごとのように小さなコッペパン屋を営んでいる。従業員は誰もおらず、ひとりでパンを焼き、接客もこなす日々だ。知彦は理学療法士の仕事の傍ら、そんな遥をあれこれと手助けし、ときにはコッペパン用のフィリングを作ったりもしているらしい。

二人が恋仲であることについては複雑な心境の甫だが、部下としての知彦は、やや要領が悪いところはあるものの、仕事に際しては勤勉、患者に対しては実直そのもので、好感の持てる男だ。

宛名《あてな》を書き終えると、甫は裏面を書こうとしてうーんと唸った。

甫は今年、部下全員に年賀状を書き、一言ずつメッセージを添えることにした。

口下手で照れ屋な彼なので、常日頃、部下を叱責することはあっても、大っぴらに褒めることがなかなか出来ない。それで、年賀状にそれぞれに対する日頃の感謝の気持ちと、来年も引き続き伸ばしていってほしい長所を書くことにしたのである。

半ば無意識に知彦を最後に回したのだが、やはり微妙な関係の相手だけあって、他の部下たちのようには書くべきことがスムーズに浮かばない。

「昨年中は、リハビリ科の発展と患者さんのＱＯＬ改善のために大いにご活躍いただき、深く感謝しています。……そこまではテンプレートだが、さて、他に何と書いたものか」

トントンとペンでこたつの天板を叩き、しばらく考えてから、甫は几帳面な文字でこう書いた。

『常に温和で明るく、しかも真摯に職務に打ち込む姿は、患者さんのやる気を喚起し、職場の人間関係を円滑にしています。来年もリハビリ科のためにご尽力ください』

そんないかにも上司らしいコメントを書き込み、それからまた少し考えて、一回り小さな字でこう書き加える。

『遥をあまり甘やかさず、しかしこの上なく大事にするように』

自分の書いた文章を読み返し、甫は満足げに小さく頷いた。

「……うむ。これでいい」

そのとき、背後から九条の声がした。

「おや、年賀状ですか。大野木先生のことですから、元旦《がんたん》に届くようにとっくに投函《とうかん》済みかと思っていましたよ」

「わッ」

慌てた甫はマッハのスピードで年賀状を裏返し、振り返った。

やけに激しい反応に不思議そうな顔をしながら、九条は笑顔で言った。

「そろそろ紅白も始まりますし、今日はダイニングではなく、こたつでのんびり飲み食いするほうがいいのではないかと思いまして。でもまだ作業を続けられるようでしたら、もう少し後にしますか？」

「いや、もういい。職場の連中への年賀状はこれで最後なんだ。……ちなみに、お前には出さんぞ？　資源の無駄だからな」

そんな甫の言葉に、九条は笑いながら頷く。

「ええ、わかっていますよ。さすがの僕も、一緒に新年を迎える先生に年賀状をお出ししてはいません。直接、お顔を見て年始のご挨拶ができますからね」

「う、うむ」

甫はこたつの上の物をガサガサと片付け、九条は天板の上を台ふきんで綺麗に拭いた。

「さて、では食卓のセットアップをお手伝い頂いても？」

「勿論だ」

ようやく自分だけの作業ではなく、「二人の年越し」に関わる仕事ができるので、甫は張り切って立ち上がる。二人はそれから数回ずつ、急で幅の狭い階段を用心深く上り下りして、食べ物と食器を茶の間に運んだ。

真四角のこたつの真ん中に置かれたのは、カセットコンロに乗せた土鍋だ。白濁したスープの中では、鶏のぶつ切りと野菜がグツグツと煮えている。

それは、甫がネットで旨いと評判の店から通販で取り寄せた「鶏の水炊きセット」だった。料理がからきし駄目な甫だけに、おせち料理作りで忙しい九条に、せめて大晦日の食事の支度だけでも楽をしてもらおうと手配したのである。

その他にも、箸休めの煮豆やサラダを並べたので、小さなこたつの上はずいぶんと賑やかになった。

「先生のおかげで、年越しの素敵なご馳走が頂けます。……では、とりあえず乾杯しましょうか。一年間、お疲れ様でした」

九条は嬉しそうにそう言いながら、甫のグラスにビールを注ぐ。九条のグラスにも注ぎ返してやってから、甫は、照れくさそうに自分のグラスを九条のそれに軽く当てた。

「乾杯。お前こそ、店の大掃除におせち作りで疲れただろう。せめて、鍋が旨いといいんだが、俺も初めて食べるから、味のほうは保証できない」

「美味しそうですよ。取りましょうか?」

九条は片手を出したが、甫はかぶりを振った。

「いや、今日はお前が先に箸をつけてくれ。一応、日頃の感謝のつもりだからな」

「ありがとうございます。では」

それ以上譲り合っていても意味がないと考えたのか、九条はポン酢の入った小鉢に鶏肉と野菜を取った。甫はやや緊張の面持ちで、吹き冷ました白菜を口に運ぶ九条をじっと見守る。

じっくり味わってから口の中のものを飲み下した九条は、にっこりした。

「ああ、とても美味しいです。鶏のスープが濃厚なので、信じられないくらい野菜が美味しく煮えていますよ。先生も早くどうぞ」

「そうか?　では俺も頂こう」

甫はホッとした顔つきで、自分も箸を取る。

「……これは、確かに旨いな」

通販サイトに「濃厚なコラーゲンたっぷりのスープ」と書かれていたように、出汁には鶏肉の味が驚くほど濃く出ていた。それでいて、生臭さはまったく感じられない。

九条が前もって十分に煮込んでいたおかげで、白菜やキャベツ、葱といった野菜類にスープの味が染みて実に旨い。

甫も九条も、しばらくは無言で食事に集中した。

テレビでは紅白歌合戦が始まり、華やかに装った歌手たちが入れ替わり立ち替わり歌を披露しているのだが、二人ともほとんど注意を払っていない。

「ううむ。骨付き肉のほうが味がいいらしいが、どうにも食べにくい」

甫は顰《しか》めっ面で、箸を置いた。

骨つきのままぶつ切りにした鶏肉は一かけが大きい。よく煮込まれて身離れはいいのだが、骨の周囲に残った肉まできちんと食べようとすると、箸では上手くいかないらしい。

「おしぼりを用意してきたので、手づかみでどうぞ。僕もそうします」

用意周到な九条は、前もって用意していたおしぼりを甫に差し出す。それで綺麗に手を拭ってから、甫は両手で骨を持ち、白い歯で剝ぎ取るようにして鶏肉を食べ始める。

そんなときまで背筋をピンと伸ばし、姿勢正しく肉を齧る甫の姿をしばらく見つめていた九条は、妙に楽しげに目を細めた。

「ふふふ。あなたが手づかみで鶏肉を召し上がっているなんて、滅多に見られないワイルドなお姿ですねえ」

甫は視線を上げ、迷惑そうに眉《まゆ》を顰《ひそ》める。

「何を喜んでいる。手で食えと言ったのはお前だぞ」

「ええ。おかげで、目でもご馳走を頂いている気分です。……ああいえ、目だけでは勿体ないですね。やはり美味しそうなものは、舌で味わってみないと」

そう言ったと思うと、九条はやけに身軽に腰を浮かせたと思うと、甫の顔に自分の顔を近づけ、その口元をいきなりペロリと舐めた。

「うわっ！」

甫はやはり律儀に肉を持ったまま、のけぞりすぎてひっくり返る。

「な……な、な、何なんだッ」

「あはははは、すみません。そんなに驚かせるとは思ってもみませんでした。大丈夫ですか？」

驚きすぎて肉を手放すことを忘れ、亀のように身動きがままならない甫を、九条はクスクス笑いながら助け起こして座らせた。

「驚かないほうがおかしいだろう。いきなり何をするんだ！」

顔を真っ赤にしてようやく肉を小鉢に戻した甫に、九条はクスクス笑いながら言った。

「いえ、鶏肉の脂だかコラーゲンだかで、あなたの唇が、驚くほどツヤツヤして見えたんですよ。あまりにも魅力的だったので、ついそちらも味わってみたくなってしまいました」

「そ……それなら、口を拭けと言えばいいだろう！」

「そんな勿体ないことは言えません。何でしたら、僕がすべて舐め取って差し上げたいくらいですし」

そう言いながらまた顔を近づけてこようとする九条の額を、汚れていない手の甲で押し返し、甫はおしぼりで口元を一生懸命拭き始める。

「おやおや。そこまでなさらなくても」

「この上、鶏を食べるたびにお前に口を舐められたのではたまらん！」

「残念ですねえ」

「うるさい！」

甫の子供じみた仕草に、九条は可笑しそうに笑った。

「そんなにゴシゴシ拭くと、皮が剝けてしまいますよ？」

「誰のせいだと思っている！」

まなじりを釣り上げて嚙みつかれても、九条はますます楽しそうに言い返す。

「僕のせいですね。でも、正直申し上げて、その口を拭く仕草も可愛らしくて、僕は大好きです」

「！」

「あなたは何をしていても素敵なので、目が離せません」

「……九条………っ」

「はい？」

「お前はいつもそういうことを言うから、俺はそのたびにどうしていいかわからなくなるっ」

　甫は本気で途方に暮れた顔つきでそう訴えたが、九条はむしろ不思議そうに小首を傾げた。

「何故です？　僕があなたのことを大好きだと、困りますか？」

　ストレートな質問に、甫はうっと息を呑《の》む。赤い顔のままでビールを一口飲んでから、甫はそっぽを向いてボソリと答えた。

「自分でもわかっているんだ。俺は融通がきかなくて生真面目過ぎて、四角四面の面白みの欠片もない人間だと。それなのにそんなふうに言われては、途方に暮れるばかりだ」

「価値観は人それぞれです」

　そう言うと、九条は柔らかな眼差しで即座に答えた。

「だが！」

　思わず視線を戻した甫に、九条は屈託なく微笑みかける。

「僕には、あなたのそういうところがとても立派で、素敵で、可愛らしくて、けれどあぶなっかしくて心配で……すべて引っくるめて愛おしいと思いますよ」

「…………」

「そういうところはそのままに、でもあなたはこの一年でずいぶんお変わりになりましたね。職場の皆さんにも、遥君にも歩み寄って。表情が、とても和やかになりましたよ」

そう言われて、甫は恥ずかしそうに俯《うつむ》く。

「それは……。感謝の気持ちを形にすることを教えてくれたのは、お前だ。お前がそうして誰に対してもニコニコして感謝の言葉を忘れないところを見ると、見習わなくてはいけないと思う。……その、笑顔だけはどうにもままならんが」

そんな素直な言葉に、九条の顔がさらにほころんだ。

「ありがとうございます。では僕らは、互いに学びあえる素敵な関係ということですね」

「う、うう」

「僕は来年、あなたの勤勉さをもっと見習います。そしてあなたは……笑顔、ですね」

そう言って、九条は甫の顔に再び、今度は大きな両手で包み込むように触れた。そして、シャープな頬を僅《わず》かに引き上げた。

「お、おい、九条」

「ほら、こうしてほんの少し口角を上げるだけで、とても魅力的な笑顔になりますよ。これを見せれば誰でも……ああ、いけません」

「！」

今度はぐいと口角を下げられて、甫は目を白黒させる。ずり落ちた眼鏡を戻してやりながら、九条は困り顔でこう言った。

「そんな笑顔を向けられたら、あなたに一目《ひとめ》惚《ぼ》れする人がたくさん現れてしまいそうです。

やはり、笑顔はたまのことにしておいてください。しょっちゅう笑いかけるのは、僕にだけ、ということで」

「な、何を勝手な」

「勝手なお願いですが、それもこれも、あなたを想うがゆえの我が儘ということでお許しいただければ幸いです」

「…………」

何ともいえない複雑な面持ちで九条を見ていた甫は、やがて箸を取り上げ、鍋の中身を意味もなく掻《か》き回しながらボソリと言った。

「俺には、愛想笑いなどできない。お前に対して笑顔が多いなら、それはお前が俺を笑わせ、幸福な気分にしてくれているからだ」

「！」

「……それについても、感謝している」

「では、来年もあなたをたくさん笑わせられるように、頑張りますね」

そんな九条の嬉しそうな声に、甫は顔を上げずに小さく頷いた。


いつもよりずっと時間をかけて飲み食いした二人は、しめの雑炊を明日に持ち越すことにして、一人前の年越し蕎麦を半分ずつ分かち合った。鍋だけで満腹だったが、やはり蕎麦を食べておかないと気分的に落ち着かないと、二人の意見が一致したのである。

蕎麦を食べ終える頃には紅白歌合戦が終わり、画面は雪がしんしんと降り積もる、静かな寺の境内へと切り替わった。

「この『ゆく年くる年』が始まると、いよいよ一年が終わり、新たな年が始まるんだという気分が高まりますね。子供の頃からの条件反射のようなものです」

こたつで熱いほうじ茶をすすりながら、九条がしみじみと呟《つぶや》く。甫も感慨深げに頷いた。

「そうだな。それにしても今年の正月、お前と年を越したときは、俺たちはもっとぎこちなかったな。こんな風にごく自然にお前と一年を過ごし、また新たな年を迎えられるなど、予想だにしていなかった」

「それは僕もです。そうなればいいと願っていましたが、今、それが叶って本当に幸せです。……そうですね。もしあなたと出会わなければ、僕はここでカップ麺《めん》の天ぷら蕎麦を啜《すす》りながら、ひとり寂しく貰い物の日本酒を飲んだくれていたでしょうね」

そんな九条の台詞に、甫はあからさまに驚いた顔をした。

「お前がカップ麺で？　日本酒で飲んだくれ？　そんなことはありえないだろう、お前に限って」

普段の九条には決して結びつかない自堕落な光景を想像したのか、甫は信じられないという表情と口調でオウム返しする。九条は少し恥ずかしそうに頭を掻いた。

「ふふ、あなたがいてくださるから、あれこれしようというモチベーションが上がるんです。ひとりなら何だっていい……というか、何をする気も起こりません。ですからきっと、あなたがいてくださらないと、僕の私生活は滅茶苦茶です」

「そう……いう、ものか？」

「はい。たぶん僕は、好きな人を喜ばせるのが好きなんです。感謝してほしいとかじゃなく、ただ好きなんですよ。ですから……こうして傍にいてくださって、本当にありがとうございます」

「そ……」

そんな九条の感謝の言葉に甫が何か言い返そうとしたとき、ゴーン……とひときわ荘厳な鐘の音がテレビから響いた。アナウンサーが、平板な声で新年の訪れを告げる。

「年が明けたようだぞ、くじょ……ッ」

テレビから軽く振り返り、九条に声をかけようとした甫は、驚いて目を見張った。突然、九条の優しい手が甫の頬を捉《とら》えたかと思うと、よける暇もなくキスをお見舞いしてきたのだ。

「ん、ふ……っ」

咄嗟《とっさ》に逃げようとした甫の後頭部を捕らえて逃がさず、ゆっくりと甫の唇を味わってから、九条は顔を離してクスリと笑った。

「去年と違って、今年はロマンチックな新年のご挨拶を試みてみました」

「…………ッ」

愕然としていた甫は、やがてキリリと眉を吊り上げた。

「年の始めの挨拶が、こんな不埒なものだけで終わってはいかん！」

そう言うなりこたつを出た甫は、畳の上にピシッと正座する。

「こういうことはきちんとやらねば。九条、ここに座れ」

「は、はい」

こちらはロマンチックさの欠片もない毅然《きぜん》とした指示に、九条は甫と向かい合い、従順に正座した。

「あけましておめでとう。本年もよろしく頼む」

堂々とした口調でそう言って、甫は畳にきちんと手を付き、深々と頭を下げる。

「あ、あけましておめでとうございます！　こちらこそよろしくお願い致します」

九条も慌ててそれに倣った。

「うむ。やはり年の始めはこうでなくては。去年はつい酔って寝てしまったが、今年は年明けすぐにきちんと挨拶が出来た。気持ちがいいな」

満足げに頷く甫の年始一発目の生真面目行動に、九条はすぐ笑顔に戻る。

「さすが大野木先生。こういうあらたまったご挨拶もいいものですね。……ところで、こ

のまま布団に入るには、あまりにもお腹がいっぱいなんですが、先生はどうです?」

甫も顰めっ面で頷いた。

「確かに。鍋でたいがい腹が膨れていたところに、半人前とはいえ年越し蕎麦まで食べてしまった。このままでは、正月太りまっしぐらだ」

「では、腹ごなしにちょっと出掛けませんか」

「こんな真夜中にか?」

「はい。近所の神社まで初詣に。子供の頃からずっと、年が明けたら家族でその神社に初詣に行く習慣だったんです。ひとりになってからは面倒で行かなかったんですが、今年はあなたと行ってみたくなりました。なかなかいいものですよ、深夜の初詣も」

「ほう。俺はいつも朝になってからだな。やはり子供時代は家族で行っていたが、独立してからは行かなくなった」

「では」

「うむ、行こう。清々しい元旦が迎えられそうだ」

そこで二人は、着替えて外に出た。周囲には人通りがなく、しんと冷えて静まり返っている。K医大の病棟も消灯時刻をとっくに過ぎ、ナースステーションと廊下だけが明るい。

時折、ちらちらと小さな雪の粒が舞い落ちる中、二人は肩を並べて近くの神社へと向かった。

神社に近づくと、通りがだんだん賑やかになってくる。神社の鳥居前からは、道の片側に露店も並び、温かな灯りが二人を迎えてくれた。

「こうもお腹がいっぱいでなかったら、危機的状況だったかもしれませんね」

焼き鳥やタコヤキ、焼きそば、おでんの屋台を横目に見て、九条はそんなことを言った。

甫は、顰めっ面で言い返す。

「こんな埃《ほこり》っぽい場所で調理された食べ物を口にするのは、やや抵抗がある」

「なるほど、お医者さんらしい見解ですね」

「単に子供の頃、親からそう言われて買い食いを禁止された名残だ。加熱調理しているんだから、そう神経質になる必要はないとわかっているんだがな」

「そうですねえ。こういうところで見る焼きそばなんかは、何だか無性に美味しそうです」

そんな他愛のない話をしながら人並みに流されるうち、意外と立派な拝殿にたどり着く。

年に一度、このときだけ設置されるらしい大きな賽銭《さいせん》箱に小銭を入れ、大きな鈴を鳴らしてから、並んで手を合わせた。だが、甫が参拝を終えても、九条はまだ手を合わせ、目をつぶったままだった。

人の流れに逆らって拝殿から遠ざかりつつ、甫は不思議そうに訊ねた。

「ずいぶん長く手を合わせていたな。何を願っていたんだ？」

すると九条は、珍しく照れ顔で笑った。

「こういうとき、本当はお願いを一つに絞るべきなんでしょうが、つい欲張って色々と」

「というと？」

「あなたの幸福とか、あなたの健康とか、あなたのお仕事が順調に進みますようにとか、あなたがもっと僕のことを好きになってくださいますようにとか……」

「九条」

「はい？」

「すべて俺のことばかりなんだが」

「いえいえ、まだあるんです。僕が花をお届けした患者さんたちがよくなりますようにとか、花屋の経営がさらに上向きますようにとか、ああそうだ、自宅のリフォームが上手く行きますように、ともお願いしました。それから……」

「九条！」

「今度は何ですか？」

「いくら何でも多すぎる」

呆れ顔でそう言った甫に、九条も苦笑いで頷いた。

「そうなんですよね。あとでお札を買って帰ることにして、それでおまけしてすべて聞き届けてくださるといいんですが。……あなたは？」

「ああ？」

「先生は何をお願いしたんですか？」

「俺か？　俺は……いや、俺はいい」

「そう仰らず」

重ねて促され、甫は人混みに揉《も》まれつつ低い声で答えた。

「……職場の人間関係や業務が、さらに円滑になるようにと」

「それだけですか？」

「あと……その、何だ。来年も、お前とさらに色々とわかりあえるように、と」

「……大野木先生……！」

感極まった九条が、そこが神社であることを忘れて甫を抱き締めようとし、その気配に気付いた甫が両手で防ごうか、それとも後ずさって逃げようかと決めあぐねて、不気味なファイティングポーズになったそのとき……。

「あっ、兄ちゃんと九条さん！」

耳慣れた声が、二人を呼んだ。振り向けば、そこに立っていたのは深谷知彦と大野木遥である。二人してお揃いのニットキャップを被り、暖かそうなダウンジャケット姿だ。しかも遥は、知彦のジャケットのポケットに自分の片手を突っ込んでいるといういかにも仲良しな姿に、甫の眉間にはたちまち縦皺《たてじわ》が刻まれた。

「…………」

甫にとっては、親代わりとなって成長を見守ってきた可愛い弟が、これまた目をかけて鍛えている大事な部下とつき合っているわけだ。

喜ばしいといえば喜ばしいのだが、二人共がまだ未熟であぶなっかしく見えるだけに、単純に祝福する気分にはまだなれそうにない。特に、自分の知らない間に大事な弟を「かっさらって」いった知彦に対しては、子供じみた嫉妬《しっと》もあってどうしても厳しい態度を取ってしまう。

そんなわけで、どうしても二人揃っているときは、まだ和やかな態度がとれない甫なのである。そういう甫のわだかまりをよく理解している知彦は、背筋を伸ばし、深々と頭を下げた。

「あけましておめでとうございます、大野木先生、九条さん。本年もよろしくお願いします！」

「あけましておめでと、二人とも！」

遥も、知彦にくっついたまま、こちらは兄の不機嫌など気にも留めず明るい笑顔で新年の挨拶をする。

「う……うむ。あけましておめでとう」

部下から先に礼儀正しく新年の挨拶をされては、聞き流すわけにはいかない。甫も、きちんと挨拶を返した。九条も、そんな甫の傍らで二人に挨拶する。

「あけましておめでとうございます。お二人も、さっそく初詣にお越しだったんですね。偶然、同じ時間に同じ神社で出会えるなんて、幸先がいいじゃありませんか」

「本当に。すぐ近所にもう一つ神社があるんですけど、遥君が、こっちのほうが大きいから、きっと露店もたくさん出て賑やかだって言い張って」

　知彦の説明に、遥は得意げに胸を張る。

「だって去年のお正月、近所のほう行ったら全然何もなくてさ。つまんなかったもん。やっぱこっちのがよかったじゃん！　露店山ほどあるよ。お参り済んだら何から食べよっかな。子供の頃は駄目って言われてた分、大人になった今、取り返さなきゃね！」

　兄とは正反対の発言をして、遥はキョロキョロと周囲を見回した。甫は、こめかみに片手を当てて嘆息する。

「やれやれ、お前は年の始めから食い気ばかりか。……もう、参拝は済んだのか？」

「済んだ！　二人の健康は深谷さんがお願いしてくれるっていうから、俺はコッペパン焼くのが上手になりますようにっていうのと、店が繁盛しますようにって頼んだ！」

　相変わらずマイペースな遥に、甫は真っ直ぐな眉尻《まゆじり》を下げる。

「深谷は二人のことを願ったというのに、お前は自分のことだけじゃないか。正月からそんな自分勝手なことでどうする」

「だって、二人で同じことお願いしたって意味ないじゃん。あと、自分のことは自分で頼むほうが正確だし！」

「うっ……」

意外と口が立つ遥にクスリと笑い、九条はやんわりと取りなした。

「いいじゃありませんか、大野木先生。お正月くらい、お小言はなしで」

遥もニコニコとそれに乗っかる。

「そうそう。それよりさあ、二人ともおみくじ引いた？」

「いや、まだだが」

「俺たちもこれからなんだ。一緒に引こうよ」

遥がそう言うと、甫は渋い顔でかぶりを振った。

「俺はいい。三人で引いてこい」

知彦は、困り顔で兄弟の顔を見比べる。

「いえ、でも先生……」

すると九条が、ごくさりげなく取りなした。

「先生は、おみくじのようなものは信じてらっしゃらないかもしれませんが、まあ、年の始めの運試しのようなものですよ。せっかくの遥君のお誘いですし、みんなで引いてみませんか？」

すると甫は、実に嫌そうな顰めっ面でこう言い返した。

「昔、遥と二人で何の気なしにおみくじを引いたら、凶だったんだ。別にそのせいだとは思っていないが、その年はあまりいいことがなかった。それ以来、迂闊におみくじなど引かないことにしている」

「ええーっ？　あのときのこと、まだ根に持ってるんだ、兄ちゃん。確かに、あんとき俺は大吉で、いいこといっぱいあったけどさあ」

「うう……」

「でも、もう大人なんだし、おみくじの呪いなんて信じてないでしょ！　いいじゃん、行こ行こ！」

「お、おい、こら、遥！」

　一度言いだしたらきかない遥は、ようやく知彦から離れると、甫の背中を両手でぐいぐい押し、社務所のほうへ向かわせる。

　弟には無抵抗に連行される甫の背中を見て、知彦は気のいい笑顔で九条に言った。

「僕たちも行きましょうか。大野木先生が、過去のトラウマを忘れられるようないいおみくじを引いてくださるといいんですけど」

「本当に。では、僕らも運試しということで」

　九条も知彦と笑みを交わすと、人混みを横切ってどんどん先へ行ってしまう兄弟を追いかけた。

「あっ、俺、今年も大吉！」

　社務所で受け取ったおみくじを広げるなり、遥は歓声を上げた。知彦は、驚いたようにつぶらな目を見張る。

「遥君、聞く限り毎年大吉じゃないか？」

「そう。俺、大吉以外引いたことないんだ。ね、兄ちゃんはどう？」

「…………」

「兄ちゃん？　今年は何だったのさ？」

　黙りこくっておみくじを凝視している甫の手元を、他の三人が同時に覗き込む。そして、同じ「あああ」という言葉が彼らの口から漏れた。

「……やはり、遥と俺のおみくじ運には、質量保存の法則が働いているに違いない」

　苦々しげにぼやく甫が手にしたおみくじには、案の定、「大凶」の文字が黒々と書かれていた。

「言わないことじゃない。だから嫌だったんだ……。今年の俺は、また不幸続きの日々に耐える羽目になるようだ」

　思いきり絶望した顔で呟く甫に、さすがの遥も焦ったらしい。俯いてしまった兄の顔を覗き込み、必死で慰めようとした。

「だ、大丈夫だよ兄ちゃん！　そんなことないよ！」

「……何が大丈夫なものか」

甫はぶっきらぼうに吐き捨てたが、遥は真顔できっぱりとこう言った。

「大丈夫！　みんなの分、ちょっとずつ分けてもらえば。俺の大吉、四分の一くらいあげるから！　九条さんと深谷さんもだよねっ！」

「………………」

疑わしげな視線を向けられ、一瞬呆気に取られていた九条と知彦も、自分たちのおみくじを甫に示しながら口々に同意する。

「ですよ、先生！　去年のお正月、僕、遥君のおみくじ運を分けてもらって、一年間素晴らしいことばかりでした。だから先生もきっと！　僕は小吉ですけど、可能な限りお裾分けします！」

深谷に負けじと、九条も自分のおみくじを甫の鼻先に突きつける。

「そうですとも。僕は吉ですので、すべて先生に差し上げ……」

「そんなことをしたら、お前の運が尽きてしまうだろうが！」

「構いません！」

「俺が構う！　そういうわけにはいかん！」

「いいえ、あなたのためなら、僕の運など惜しくはありません！」

わけのわからないところでムキになる甫と九条に焦れたように、遥はいきなり、全員の手からおみくじを順次引ったくった。

「ええっと。俺が大吉で百パーセントとすると、兄ちゃんが大凶でゼロ、深谷さんが小吉で二十五くらい？　で、九条さんが吉で五十。合わせると……えっと」

「百七十五、だね」

知彦が傍らですかさず暗算する。遥は続いてこう言った。

「それを四人で頭割りすると……」

「四十三・七五ですね」

今度は九条が答える。遥は、うんうんと満足げに頷いた。

「じゃあ、繰り上げて、全員四十四パーセントの運！　吉ちょい足らないくらいなら、まあいいじゃん。ねっ？」

「うう……」

さすがに、これ以上ふて腐れていては上司としても兄としても、恋人としてもみっともないと自覚したのだろう。

「あ……ありがとう」

実に言いにくそうに小さな声で礼を言い、俯いたまま凄まじくはにかんだ小さな笑みを浮かべた甫に、三人は顔を見合わせ、ホッと胸を撫で下ろした……。

遥と知彦と別れ、のんびりと家路を辿る途中、九条は急に立ち止まって声を上げた。

「しまった！」

「どうした？」

その真剣な面持ちに、甫も驚いて足を止める。すると九条は額に手を当て、酷く後悔した様子でこう言った。

「さっき神社で一つ、大事なことをお願いし忘れていました。僕としたことが」

「あれだけ色々頼んでおいて、まだあったのか？　いったい何だ」

怪訝そうに甫が訊ねると、九条は大真面目な顔で答えた。

「あなたのことです」

「俺の？」

「出来れば今年は、大野木先生を名前で呼べますように、と」

「な、何だと？」

目を剝く甫とは対称的に、九条は淡々と説明した。

「いえ、勿論先生は僕より年上でいらっしゃいますし、先生に対するリスペクトの気持ちは変わらないのですが、こう、二人きりのときくらい、たまにはより親しい雰囲気で呼んでみたいな……と」

「…………」

「うっかりしていました。残念です」

いかにも残念そうな九条の横顔をしばらく唖然とした顔で見ていた甫は、やがて小さな声で言った。

「それは別に、神社で願う必要はなかろう」

「……と仰いますと？」

歩き出した甫に追いついて、九条は眼鏡の奥の目を覗き込もうとする。ごくさりげなく視線を逸らし、甫は言った。

「何故、俺に直接そうしたいと言わない。というか、呼び名くらい、お前の好きにすればいい」

「本当ですか？」

「む、無論だ！」

九条の声が途端に弾むのを聞きつつ、甫は頑固に明後日の方角を向いたまま頷く。

「では……甫さん、とお呼びしても？」

「う、ああ。ただし、職場では……」

「わかっています。病院では、大野木先生とお呼びしますよ。約束します。……ああ、嬉しいな。でしたら、是非とも僕のこともたまには名前で呼んでください」

「……俺は、別に……」

「僕が、呼んでいただきたいんです。あなたの、その素敵な声で。それとも、僕に対してはそこまでの親愛の情はありませんか？」

「馬鹿な！」

「でしたら、どうかお願いします」

今なら誰も聞いていませんから……と促され、甫は盛大に照れながらも、蚊の鳴くような声で九条の名を口にしようとした。

「ゆ……ゆ、ゆ、ゆう……」

「あ、やっぱり今はいいです」

「むがっ」

しかし、いざ名を呼ぼうとした瞬間、九条の骨張った手に口元を塞がれ、目を白黒させる羽目になる。

「なっ、何だ⁉　名前で呼べと言ったのはおま……」

すると九条は、涼しい顔でこう言った。

「考え直しました。こんな道ばたで呼ばれてしまうのは勿体ないですから。是非、家に帰ってから……そうですね。布団の中でお願いします」

「！」

「ふふ、おやすみの挨拶を、名前を呼んでしていただけたら、とてもロマンチックで素敵だと思いませんか？　ああ、さっき山分けにした四十四パーセントの運を早くも使い果たした気分ですが、悔いはありません」

「い、いや、名前を呼んだくらいでそんな大袈裟な……」

「僕にとって、あなたの声はどんな音楽にも勝ります。そのあなたの声で、名前を呼んで頂けるなんて、最高のお年玉ですよ。さあ、そうと決まったら早く帰りましょう！」

そう言うが早いか、九条は甫の手をさりげなく握る。甫は顔色を変えた。

「お、おい、九条、手、手を離せ！　ここは天下の公道……」

「ですが、今は誰もいません。いいじゃないですか。何から何まで、忘れられないお正月にしましょう」

急に真顔になった九条は、甫の顔をじっと見つめ、「大好きですよ」と付け加える。

「…………っ」

俺もだ、とはどうしても言えず、その代わりに甫は九条の手を強く握り返した。そして、想いの強さを示すように、凄いスピードで歩き出したのだった……。

あとがき

こんにちは、椹野道流《ふしのみちる》です。「お医者さんにガーベラ」「お花屋さんに救急箱」の二冊でお馴染みの、大野木《おおのぎ》兄弟&その恋人たちのブログが、ついに本になりました！

これは、プランタン出版さんのサイト　http://www.printemps.jp/　で一年間にわたりほぼ毎日更新されていた「働くおにいさんブログ」に大幅に加筆修正し、書き下ろしを添えたものです。

サイトでは最初の頃いなかった「九条《くじょう》&甫《はじめ》」が、単行本ではしれっと年頭から参加しております。他にも色々と、着手前は想像もしなかった苦労をしてあちこち細かく改変してありますので、リアルタイムでサイトを見てくださっていた方にも、新鮮な気持ちで読んでいただけるのではないかと思います。

どうやら今回、担当さんは、「濡れ場のないBL作品、しかもブログ」を本にすることにたいへんな勇気を振り絞ってくださったようで、本当にありがたいことです。

しかし、私の作品を手に取ってくださる読者さんが、濃厚なエロを期待してレジに向かわれる……ということは万に一つもないような気がするので、私自身はさほど気にしていなかったりします。

むしろ行間から、「この後きっとロマンチックなひとときがあったんだろうな」と想像、もといい妄想していただけるよう、幸せな空気が漂う本にするべく頑張ったつもりです。彼らの日常を遠眼鏡で覗き見る感じで、ほんわかのんびりと楽しんでいただけたら、作者としましては何よりの幸せです。

今回もイラストを担当してくださった黒沢要《くろさわかなめ》さん。長年のおつきあいですが、いつかこの人とお仕事をとずっと念じておりましたので、とても幸せです。キャラララフで九条と甫の性格が完全にフィックスした事実があるので、九条が「人当たりのいい念入りな変態」になった責任の半分はかなめちゃんに……ゲホゴホ。ありがとうございます。

そして担当Nさん。私がしょーもないことを言い出すたびに、クールに突っ込んでくださってありがとうございます……！　素晴らしいボケ殺しスキルの持ち主です。

いつかまた、彼らのお話をどこかで書くことができたらとても幸せです。でもプランタンさんでは他のお話も書いておりますので、そちらもお手に取っていただけましたら、さらなる幸せです。それでは、またお目にかかる日まで。ごきげんよう。

椹野　道流　九拝

働《はたら》くおにいさん日誌《にっし》

プラチナ文庫をお買いあげいただき、ありがとうございます。
この作品を読んでのご意見・ご感想をお待ちしております。

★ファンレターの宛先★

〒102-0072　東京都千代田区飯田橋3-3-1
プランタン出版　プラチナ文庫編集部気付
椹野道流先生係 / 黒沢 要先生係

各作品のご感想をWEBサイトにて募集しております。
プランタン出版WEBサイト http://www.printemps.jp

著者――**椹野道流**(ふしの みちる)
挿絵――**黒沢 要**(くろさわ かなめ)
発行――**プランタン出版**
発売――**フランス書院**
〒102-0072　東京都千代田区飯田橋3-3-1
電話(営業)03-5226-5744
(編集)03-5226-5742
印刷――誠宏印刷
製本――若林製本工場

ISBN978-4-8296-2500-2 C0193

Platinum Label プラチナ文庫 Platinum Label

つけこんで、
僕のすべてをあなたに捧げます

◆◆◆◆◆◆◆◆◆◆◆◆◆◆◆◆◆◆

お医者さんにガーベラ

椹野道流
イラスト／黒沢 要

◆◆◆◆◆◆◆◆◆◆◆◆◆◆◆◆◆◆

自他共に厳しい医師の甫は、やけ酒で泥酔し路上で寝込んだところを生花店店主の九条に拾われた。九条の優しい手に癒されても、己の寂しさ、弱さを認めまいとするが…。

俺は、お前が……
すこぶる好ましい……ッ

◆◆◆◆◆◆◆◆◆◆◆◆◆◆◆◆◆◆

お花屋さんに救急箱

椹野道流
イラスト／黒沢 要

◆◆◆◆◆◆◆◆◆◆◆◆◆◆◆◆◆◆

生花店店主の九条と、「お試し中」の恋人関係となった医師の甫。少しずつ心を近づけていくふたりだったが、九条のかつての片思いの相手が現れたことで、すれ違いが生じ始め…。

P2462+2466

●好評発売中！●